Laura y Julio

Juan José Millás

Laura y Julio

Primera edición: febrero de 2023

Printed in Spain – Impreso en España

ISBN: 978-84-204-7551-6
Depósito legal: B-21531-2022

Compuesto en MT Color & Diseño, S. L.
Impreso en Huertas Industrias Gráficas, S. A., Fuenlabrada (Madrid)

A L 7 5 5 1 6

Laura y Julio

Esa vivienda en la que ahora suena el teléfono tiene dos habitaciones y un salón. El salón da a una calle estrecha del centro y cuenta con dos ambientes: el de la izquierda, muy próximo a la barra de la cocina americana, para comer, y el de la derecha, nucleado en torno al televisor, para estar. Las ventanas de las habitaciones se asoman, formando un ángulo recto, a un patio interior al que las cuerdas de tender la ropa proporcionan un aire orgánico, como si el patio fuera la garganta a través de la que el edificio respira. El baño, sin ventana, está adosado a una de las habitaciones. La otra se usa como cuarto de trabajo, aunque si Laura y Julio fueran padres sería la habitación del hijo.

Laura y Julio suelen dejar que el teléfono suene cuatro veces y siempre lo coge Laura, cuyo rostro, en esta ocasión, y tras escuchar lo que le dicen desde el otro lado, adquiere la rigidez de una máscara por cuyo agujero inferior —la boca— apenas es capaz de pronunciar dos o tres monosílabos antes de colgar. Luego, hablando más para sí misma que para su marido, dice que un coche acaba de atropellar a Manuel.

—Antes de perder el conocimiento —añade— le han preguntado a quién debían avisar y ha dado nuestro teléfono.

La noticia del accidente divide la tarde del sábado en dos partes con la limpieza con la que un bisturí separa la carne. Por la expresión de su mujer, Julio calcula que una vez que resuelvan las cuestiones de orden práctico tendrán que enfrentarse a un desamparo excesivo, por lo que, al objeto de retrasar ese instante, propone varias cosas inútiles que ella ni siquiera escucha. Pasados unos minutos, cuando Laura regresa a su cuerpo como el pájaro regresa a la jaula tras haberse golpeado contra las paredes, se dan cuenta de que no tienen la llave del piso de Manuel (aunque él sí dispone de la de ellos), lo que les imposibilita entrar en él para buscar el teléfono o la dirección de un pariente en el que delegar la ejecución de los trámites. Y del dolor. Es entonces cuando Julio cae en la cuenta de que han mantenido una familiaridad sorprendente con una persona de la que lo ignoran casi todo. El problema es que su matrimonio, sin ese individuo, resulta ya incompleto. La atmósfera destemplada y húmeda de la tarde penetra en el piso y roza, como un suspiro fúnebre, el ánimo de la pareja. Por la televisión, encendida aunque muda, pasan el anuncio de un perfume que inaugura la campaña de Navidad.

—Parece que nos hemos quedado viudos —ironiza Julio para desdramatizar la situación, aunque solo logra tensarla, pues Laura, tras reprocharle que dé a Manuel por muerto, se echa a llorar.

Ese Manuel que acaba de sufrir un accidente se había instalado en el piso contiguo al de ellos hacía ahora dos años. Aunque los tres tenían la misma edad, el matrimonio lo tomó bajo su tutela, o a eso jugaron. Se habían conocido un día que Julio tuvo que llamar a su puerta para advertirle de que había aparecido en su casa una mancha de humedad.

—Creo que procede de tu cocina —añadió.

Manuel le franqueó el paso y tras revisar juntos los bajos de la pila detectaron una pequeña fuga de agua que Julio, muy dotado para el bricolaje, arregló en dos minutos. Después, invitó a Manuel a tomar un café en su casa y le presentó a Laura. El encuentro terminó con el ofrecimiento protocolario de ayudarse mutuamente en lo que fuera menester.

Apenas unos días más tarde, al regresar del rodaje de una película de cuyos decorados era responsable, Julio encontró al vecino dentro de su propio salón, charlando animadamente con Laura. Había pasado a pedir una taza de aceite y se había quedado a cenar. Julio celebró para sí que la relación progresara, pues su mujer y él se habían aislado insensiblemente del mundo desde que se casaran.

Aquella noche, Manuel llevaba unos pantalones vaqueros, una camisa blanca y una chaqueta negra. Aunque la camisa no era deportiva, y en opinión de Julio habría exigido el complemento de la corbata, le quedaba bien por la apariencia aleatoria que aportaba al conjunto. Manuel siempre daba la impresión de haberse quitado unos minutos antes la corbata, aunque jamás lo verían con ella. Con su modo de vestir, de moverse o de hablar daba a entender que venía de algún lugar más elevado, aunque había sido capaz de ponerse a la altura de aquel otro en el que acababa de caer.

Al poco de que Julio se incorporara a la mesa, Manuel contempló con un punto de malicia a la pareja y afirmó que parecían hermanos.

—Parecéis hermanos.

Pero al comprobar que recibían sus palabras con desconcierto, como si no supieran si se trataba de un halago o una crítica, añadió con naturalidad que estaba a favor del incesto y que todo amor era, en el fondo, incestuoso.

—Nos enamoramos de lo que nos resulta familiar. No me miréis así. Si yo hubiera tenido una hermana, la habría seducido o me habría dejado seducir por ella.

En cualquier caso, solía envolver sus afirmaciones más extravagantes en un registro irónico que hacía dudar al interlocutor de que hablara en serio.

Manuel era delgado y flexible a la manera de un alambre de acero. Su cabeza tenía algo de bombilla sujeta a un extremo de ese alambre, pues era grande y estaba siempre iluminada con una luz que procedía de un pensamiento tan delicado como el de la resistencia de una lámpara. A veces daba la impresión de que la resistencia, tras vibrar sutilmente, se fundía. Pero solo entraba en reposo para resplandecer luego con más intensidad.

Tras la cena, habían pasado a la zona del salón donde se encontraba el tresillo. Julio recordaba a Manuel con la copa de vino en la mano (un vino que había traído de su casa) diciendo «tenéis tresillo» con una mezcla de asombro divertido y lástima que le hirió. Julio era decorador y no ignoraba que el tresillo resultaba convencional, pero se trataba de la convención adecuada para amueblar ese espacio. Más adelante, cada vez que Manuel se presentaba en el piso de la pareja para tomar una copa o para ver una película en su compañía y se acomodaba en un extremo del sofá, como el feto dentro del útero, Julio estuvo a punto de recordarle aquella ironía acerca del tresillo, pero jamás lo hizo.

Continuaron hablando del incesto. Manuel aseguró que a veces, en la vida, se encuentran cosas nuevas, pero siempre como efecto secundario de buscar las antiguas.

—¿A qué vamos a Marte? A ver si hay agua, ya ves tú qué novedad, el agua. Y exploramos el universo para averiguar si hay vida, es decir, para ver si hay más de lo mismo. Los hombres, lo sepan o no, se casan con sus madres y las mujeres con sus padres porque esos son sus modelos. Si la gente supiera con quién folla en realidad cuando folla con su pareja, se quedaría espantada.

—¿Y tú?, ¿con quién follas tú? —había preguntado Laura ruborizándose enseguida.

—Yo no tengo modelo porque no tengo madre.

Tras los postres, Julio ofreció a Manuel un whisky que el invitado rechazó aduciendo que no tomaba bebidas destiladas, solo vino. Tampoco tomaba bebidas carbónicas porque, aunque no lo expresó de ese modo, daba la impresión de que le parecían groseras.

Dos años después de aquella escena, Julio no había logrado averiguar qué tenían de malo las bebidas destiladas, ni las carbónicas. A él, el vino le producía acidez y dolor de cabeza. Solo bebía ginebra con tónica, una combinación cultural que reunía todo lo que Manuel detestaba, al parecer con conocimiento de causa. Aquella noche fundacional, antes de que el vecino se retirara, Julio recogió la mesa, llevó los platos a la pila de la cocina americana y continuó atendiendo a la conversación mientras fregaba la vajilla. Cuando su vecino y su mujer le pidieron que lo dejara para el día siguiente, argumentó que le molestaba irse a la cama sin haber recogido las cosas. Manuel ironizó sobre esa obsesión con la limpieza y Laura confirmó que su marido estaba lleno de manías.

—¿Es de los que se lavan las manos cada diez minutos? —preguntó Manuel.

—No llega a tanto —dijo Laura riendo.

Chapoteaban como náufragos, en medio de la tarde del sábado, preguntándose qué hacer o a quién llamar para comunicarle el accidente de su amigo, cuando a Julio se le ocurrió telefonear al Ministerio de Asuntos Exteriores, pues había oído decir a Manuel que su padre era diplomático. A la media hora de haber hablado con un funcionario, al que proporcionaron los datos de que disponían, sonó el teléfono y se manifestó al otro lado el padre de Manuel. Laura, que pese a aquellas circunstancias trágicas esperó a que el teléfono sonara cuatro veces, le puso al corriente de la situación. Una voz más bien neutra, muy educada, según relataría después a Julio, le dio las gracias, le pidió el nombre del hospital en el que habían ingresado a su hijo, y la informó de que necesitaría no menos de veinticuatro horas para presentarse en Madrid, pues tenía que volar desde Asia.

Realizado el trámite, el matrimonio atravesó la tarde fría y la ciudad indiferente en la moto de Julio, cubiertos ambos con unos trajes especiales que aislaban los cuerpos de la atmósfera exterior, encerradas sus cabezas y sus pensamientos dentro de unos cascos que evocaban la textura y la forma del cráneo de algunos insectos. En el hospital recibieron la información que habría correspondido a la familia y contemplaron, sobrecogidos, el cuerpo inerte de Manuel, conectado a diversos aparatos que controlaban sus constantes vitales (eso dijo el médico, *constantes vitales*, una expresión que durante horas se repetiría en la cabeza de Julio como el estribillo de una canción oída al despertar). No estuvieron mucho tiempo porque las normas no lo permitían, pero también porque el olor a hospital ponía enferma a Laura quien, al regresar a la calle, se encerró en el traje de motorista y en el casco como el que se encierra dentro de sí mismo.

Esa noche se acostaron sin decirse nada: hacía tanto tiempo que se hablaban a través de Manuel que no sabían cómo hacerlo en su ausencia. Y es que a partir de aquel día en el que pasó a pedir una taza de aceite y se quedó a cenar, la presencia del vecino fue constante. No podían vivir ni él sin ellos ni ellos sin él. Siempre se veían en la casa de Laura y Julio, de la que Manuel pronto tuvo una llave, que utilizó con prudencia, para salir y entrar cuando le apeteciera. No trabajaba fuera de casa, pues resultó ser escritor. Así al menos se presentaba él, como un escritor de gran talento, aunque sin obra.

—¿Cómo sabes que tienes talento si no te has dado la oportunidad de demostrarlo? —le había preguntado Julio una vez.

—Eso se nota —respondió con un punto de cinismo—. Fue mi olfato de escritor el que me empujó, por ejemplo, a hacerme amigo vuestro.

—¿Qué tiene que ver eso?

—Vosotros no os dais cuenta, pero sois personajes muy novelescos, se os observe en conjunto o uno a uno. Podría escribir una novela sobre los dos, pero es mejor viviros que escribiros.

—¿Qué tengo yo de personaje de novela? —había preguntado Laura halagada por las palabras de Manuel.

—La ambigüedad.

—¿Y eso qué quiere decir?

—Que puedes ser entendida de muchos modos, todos ellos plausibles. Eres un texto cifrado.

—¿Y yo? ¿Qué tengo yo de personaje de novela? —había preguntado Julio más para romper la burbuja en la que de súbito se habían instalado Manuel y su mujer que por una curiosidad auténtica.

—Que estás loco.

—¿Cómo que estoy loco?

—Completamente. Si quieres que te lo diga, yo te imagino como un personaje que un día, durante su juventud, se dio cuenta de que estaba loco y desde entonces no ha hecho otra cosa que ocultarlo. Y no se ha dado cuenta nadie, ni tu familia ni tu mujer ni tus amigos, pero los dos sabemos que estás loco: tú porque lo sufres y yo porque soy escritor.

—Un escritor sin obra —había añadido Julio entre risas, para ocultar la turbación producida por las palabras del vecino.

—Relativamente. La descripción que acabo de hacer de ti es una pieza magistral.

Los tres rieron, aunque unos más que otros. Mientras reía, Julio sufrió una experiencia de desdoblamiento que le recordó el siguiente suceso de infancia: se dirigía al colegio de la mano de su madre cuando se cruzaron con un niño ciego que iba también de la mano de la suya. Julio observó al niño con curiosidad, incluso con impertinencia, y en ese instante, como si en el interior de su cráneo hubiera estallado la luz procedente de una explosión nuclear, la realidad se llenó de un aura blanca tan intensa que los transeúntes devinieron en fantasmas y la calle en un decorado. La experiencia no debió de durar más de dos o tres segundos durante los que Julio se vio a sí mismo desde el niño ciego. Al desaparecer el aura y regresar la calle al orden anterior, el ciego estaba contemplando desde sus órbitas apagadas a Julio, que pidió a su madre que cambiaran de acera. Ahora se acababa de desdoblar en la persona de Manuel. Durante unas décimas de segundo, en las que se manifestó de nuevo el aura que congeló momentáneamente las risas, Julio supo —porque no se trataba de un sentimiento, sino de una información— que había estado unos instantes dentro del cuerpo de Manuel sin abandonar por eso el suyo.

—¿Y de qué viven los escritores sin obra? —preguntó todavía para disimular la experiencia que acababa de sufrir, pero también para poner de manifiesto la inutilidad de Manuel.

—No seas grosero —se limitó a responder el escritor—. Tú y yo sabemos que ganarse la vida es vulgar.

El padre de Manuel tardó casi dos días en llegar. Venía de China, lo que para Julio equivalía a venir de Marte. China era un territorio lo suficientemente ambiguo y lejano como para representar una dimensión de la realidad diferente a la suya.

Coincidió con él a la entrada del hospital. Lo habría reconocido a cien metros, no solo por el parecido físico que guardaba con su hijo, sino por una forma de elegancia de la que el traje y el abrigo no eran más que el envoltorio. La distinción, pensó Julio, venía de dentro. Tras presentarse, se dirigió junto a él hacia el ascensor observando con disimulo el movimiento de sus brazos y sus piernas, que se relacionaban con el tronco como elementos decorativos más que como extensiones útiles. Aparentaba la edad indefinida de los embajadores y se llamaba Manuel, como su hijo, lo que era también un signo de distinción frente al vulgar Manolo que solían adoptar las personas con este nombre.

Julio vestía un mono de motorista, cuya cremallera se había bajado hasta la cintura, y llevaba en la mano el casco, lo que era su modo de decir que acababa de llegar o que estaba a punto de irse, apariencia que amaba sobre cualquier otra.

Cuando alcanzaron la planta de cuidados intensivos, lejos de acudir directamente a la habitación del enfermo, el padre de Manuel se detuvo a hablar pausadamente con las enfermeras, a quienes solicitó la presencia del responsable del servicio con tal autoridad que enseguida se presentó un médico. Julio se mantuvo retirado mientras hablaban, pero luego siguió al diplomático hasta donde se encontraba el cuerpo de su amigo. Aunque permanecía entubado y conectado a diversas máquinas, daba la impresión de que era él, con sus energías, el que hacía funcionar los aparatos y no al revés. Las personas como Manuel y su padre, pensó Julio, se vestían de dentro afuera, de modo que cada día, al levantarse, se colocaban las ideas, y sobre las ideas las vísceras y sobre las vísceras los músculos, así hasta llegar a los tejidos de la ropa. Él, en cambio, se vestía de fuera adentro. Primero se ponía el mono de motorista y, debajo, la ropa informal previsible en un decorador, y luego la epidermis, la dermis, las costillas..., esperando que todo aquel decorado exterior diera lugar a un carácter original, a un pensamiento diferente, a una forma de enfrentarse al mundo insólita. ¿Lo lograba?

Manuel sabía estar en coma, en fin, del mismo modo que su padre sabía estar despierto. Julio tomó nota de la expresión algo enigmática del hombre. No se podía decir que no sintiera pena, pero se trataba, por decirlo así, de una pena elegante.

Tras permanecer un rato frente al cuerpo de su hijo, con el abrigo colgado del brazo izquierdo, miró a Julio e hizo un gesto de impotencia.

—Es tremendo —añadió antes de darse la vuelta para abandonar la habitación.

Se advertía en su manera de andar, de moverse, que no tenía miedo. Manuel le había explicado en una ocasión que el alimento preferido de la mezquindad era el miedo, y Julio lo había comprobado en sí mismo. Las ocasiones en las que peor se había comportado con Laura, pero también consigo mismo, habían coincidido con etapas de miedo: miedo a perder lo que tenía, a no obtener lo que creía merecerse, a no ser tenido en cuenta por los otros... Las personas como Manuel y su padre actuaban en un registro existencial diferente. Nadie podía arrebatarles lo que poseían porque su patrimonio principal era intangible. El otro, el que se podía tocar, constituía una extensión del anterior y se reproducía, caso de perderlo, como el rabo de las lagartijas. Vivían en un mundo en el que ganarse la vida no constituía una preocupación.

—¿Quiere que tomemos un café? —preguntó Julio.

El hombre miró el reloj y aceptó.

La cafetería estaba en la última planta del edificio y desde la mesa a la que se sentaron se observaba el borde sin labios de la ciudad. El diplomático pidió un té que no se tomaría y Julio una tónica, es decir, una bebida carbónica que el padre de su vecino observó con prevención. Normalmente, Julio habría tuteado al padre de un amigo, pero al de Manuel lo trató de usted.

—¿Qué le ha dicho el médico?

—Técnicamente hablando está en coma. Se trata de una situación impredecible. Puede continuar así siete días o siete meses. Las constantes, una vez que sueldan las roturas y desaparecen los traumatismos, suelen mejorar.

—Ya.

—Quería darte las gracias, y también a tu mujer, díselo de mi parte, por haberos ocupado de todo. Ya tenía noticias de vosotros por Manuel. Sois como su familia.

Julio se ruborizó, pero no le dio tiempo a más porque el hombre dijo que tenía que irse. Las personas como él siempre venían de un sitio y se dirigían a otro. Mantenían con el presente la relación de trámite que se mantiene con un aeropuerto. Si algo le gustaba a Julio de los aeropuertos era precisamente que nadie perteneciera a sus instalaciones, sino al lugar del que venían o al que se dirigían. Cuando llegaron a la puerta del hospital, el padre de Manuel movió la cabeza de derecha a izquierda y enseguida, al reclamo de su mirada, se acercó un automóvil.

—¿Te dejo en algún sitio? —preguntó a Julio, como si su disfraz de motorista, casco incluido, fuera invisible.

—Gracias, tengo ahí la moto —respondió él.

Esa misma noche, en la cama, cuando Laura le preguntó cómo era el padre de Manuel, Julio respondió que normal.

—Normal cómo.

—Con la normalidad de los ricos. Venía de un sitio y se iba a otro. Daba la impresión de que había subido a ver a su hijo porque pasaba por allí.

—¿Lloró?

—Creo que no.

—Bueno, y qué dijo.

—Nada, que según el médico la situación en estos casos es impredecible, se puede estar en coma siete días o siete meses, a veces siete años. Y que si me podía dejar en algún sitio, pues al salir a la calle hizo un pase mágico con la mano y se le apareció un coche.

Julio permanecía boca arriba, con las manos cruzadas detrás de la nuca y la mirada perdida en el hondo techo. Laura estaba encogida, en postura fetal, dándole la espalda, quizá con los ojos abiertos. Dormían con la persiana echada para obtener una oscuridad absoluta, pero si uno permanecía atento, tarde o temprano aparecían grumos de luz. Compartían una almohada larga que por la noche se desplazaba hacia el lado de ella, aunque el colchón estaba ligeramente inclinado del lado de él. Jamás utilizaban sábanas blancas y dormían sobre el costado derecho, la espalda de Laura contra el pecho de Julio y las piernas de ambos entrelazadas al modo de las raíces de dos árboles. Aunque no había sucedido entre ellos nada especial, Laura había estado durante la cena obstinadamente silenciosa, actitud a la que él había respondido con un mutismo hosco. Luego habían visto la misma televisión desde dimensiones distintas y se habían acostado sobre el mismo colchón como si se acostaran en camas diferentes. Esta forma de discutir sin discutir había irrumpido en sus costumbres con la aparición de Manuel, quizá porque la materia oscura del desacuerdo era él, quizá porque este tipo de disputa requería la existencia de un intermediario. Por lo general, el malestar se diluía como había llegado, de la misma forma que el día sucede a la noche.

Pasado el rato, cuando Julio calculó que Laura se había dormido, sintió sin embargo que se convulsionaba levemente.

—¿Qué te pasa?

—Nada.

—Cómo que nada, si estás llorando —añadió abandonando su postura para abrazarla.

—No —respondió ella entre sollozos.

—¿Por qué lloras? —preguntó Julio.

—Por nada.

—Dime qué te pasa, por favor —insistió él preocupado.

—Estoy embarazada.

Hacía más de dos años que no hablaban de la posibilidad de tener un hijo, después de haber intentado durante meses que Laura se quedara embarazada. Como ninguno de los dos, quizá por miedo a la respuesta, había sugerido acudir al médico, dejó de hablarse del asunto como se deja de hablar de una enfermedad que no tiene remedio. Durante el tránsito del deseo al silencio apareció en sus vidas Manuel, al que procuraban tales cuidados que había venido a ocupar, en cierto modo, el lugar del hijo.

La noticia del embarazo llegaba, pues, como una recompensa que se ha dejado de esperar, como un regalo fuera de fecha, por lo que Julio tardó unos instantes en provocar en sí mismo la reacción convencional, que consistió en asegurar, con la voz quebrada (así lo habría expresado él, «con la voz quebrada»), que se trataba de una buena nueva excelente al tiempo que intentaba abarcar, entero, el cuerpo de su mujer, protegiéndola del exterior con enorme delicadeza, como con miedo de perjudicar al niño. Ella se encogió sin dejar de sollozar por la emoción, o eso supuso Julio, que a medida que acariciaba su pelo iba recuperando, desde donde quisiera que se encontrara, la turbación verdadera de ser padre.

Laura pidió hora al ginecólogo y Julio comenzó a cuidarla de un modo especial. Iba a buscarla al trabajo, le llevaba regalos y compró también un par de libros relacionados con el embarazo. Algunos días intentaban coincidir para visitar juntos a Manuel, lo que no era fácil, pues funcionaban con horarios muy distintos. Ella trabajaba como masajista en un balneario urbano, donde le cambiaban el turno cada semana. Él estaba preparando los decorados de una película y trabajaba mucho en casa, aunque tenía a menudo reuniones en la productora. En todo caso, a medida que el cuerpo de su amigo mejoraba de las contusiones y fracturas, su aspecto se acercaba más a la idea que los dos tenían de un difunto. Julio se las arregló para coincidir en el hospital un par de veces con el padre de Manuel, pero mantuvo estos encuentros en secreto, pues prefería dejar a Laura al margen de la relación, lo que tampoco era difícil, ya que su mujer, desde la noticia del embarazo, parecía ensimismada. Iba y venía de su trabajo, veía la televisión, conversaba con neutralidad sobre asuntos indiferentes, pero parecía más atenta a lo que ocurría dentro de sí que al mundo.

Transcurridas un par de semanas, el padre de Manuel llamó al móvil de Julio y concertó una cita con él en el hospital, a primera hora de la tarde. Se había ocupado de que trasladaran el cuerpo de su hijo a la zona privada del sanatorio, donde pensó que se encontraría mejor. Pero lo que quería decir a Julio es que no veía motivos para continuar alejado de sus obligaciones, puesto que la situación podría alargarse indefinidamente. Aunque ya había acordado con los médicos un intercambio constante de información, quería pedirle que no dejara de visitar a Manuel y que le mantuviera al tanto de cualquier cambio que le pareciera importante.

—He sentido mucho no conocer a tu mujer —añadió.

—Ella también, pero sus horarios de trabajo son más complicados que los míos.

Antes de despedirse, el padre de Manuel sacó unas llaves del bolsillo y se las entregó a Julio.

—Si no te importa —dijo—, te dejo las llaves del piso de mi hijo. No voy a dar de baja nada, ni la luz ni el teléfono ni el gas, nada. Quiero que todo continúe como si él estuviera bien. He hecho un ingreso en su cuenta para que se sigan liquidando todos los recibos que lleguen. Te pediría que de vez en cuando echarais un vistazo a la casa y que no dejéis que la correspondencia se amontone en el buzón. Si os ocasiona algún gasto, no tienes más que decírmelo. En esta tarjeta verás mi dirección de correo electrónico y mis teléfonos.

Julio tomó las llaves y se las guardó asegurando que se ocuparía de todo. Luego pasaron por la nueva habitación de Manuel, llena de lujos que el enfermo no podía apreciar, y se despidieron en la puerta del hospital, como el día que se conocieron. También en esta ocasión, bastó que el hombre hiciera un gesto con la mano para que se acercara un coche a recogerlo.

Con las llaves del piso de su amigo palpitando en el interior del bolsillo, cogió la moto y se dirigió a la productora de la película en cuyos decorados trabajaba y donde estaba convocado a una reunión. Tenía bastante prestigio como diseñador de espacios interiores, pero cuando el trabajo del cine escaseaba, aceptaba encargos de particulares que le llegaban a través del departamento de «arquitectura interior» (así lo llamaban) de unos grandes almacenes donde tenía algún contacto. Su estilo gustaba porque era capaz de adivinar enseguida el tipo de convención decorativa a la que aspiraba el cliente. Nunca había tenido un cliente no convencional, por lo que ignoraba si existían.

Llegó a la productora eufórico, como si, más que haber recibido unas llaves, hubiera recibido un talismán. A la reunión acudieron el director de producción, el de arte, el guionista y tres o cuatro ejecutivos, además de la directora de sonido, que quería hacer algunas especificaciones para evitar problemas que surgían a veces con el sonido directo por culpa de los decorados, cuyos suelos, dijo, crujían bajo el peso de los actores. Julio había leído el guion y, en principio, parecía un encargo más. Tenía que reproducir dentro de una nave gigantesca, situada en una zona industrial, el interior de la casa de una anciana que vivía sola.

La película trataba de las relaciones entre la cajera de un supermercado y una anciana del tamaño de un gorrión que, tras comprar todos los días el pan y dos yogures, elegía siempre para pagar la cola de la protagonista. Pronto surge entre las dos mujeres una corriente de simpatía que crece con el tiempo. Un día, la anciana, tras introducir sus escasos víveres en una bolsa, entrega a la joven cajera un sobre. Cuando esta lo abre, encuentra dentro de él las llaves de la casa de la anciana con una hoja de papel en la que, además de anotar su dirección, muy cercana al supermercado, dice a la chica que si un día no acude a comprar es porque se ha muerto. «Ese día —añade la nota—, entra en mi casa, coge lo que más te guste de ella como recuerdo y luego avisa a la policía para que me entierren como Dios manda antes de que mi cuerpo se descomponga».

Pasa el tiempo y la anciana aparece cada día con su carrito. Mientras la cajera muestra los productos al lector óptico, hablan de la vida, de la salud, del tiempo. Cada vez compra menos, como si tuviera menos fuerza o quizá menos necesidades. La chica y la vieja jamás se refieren al acuerdo existente entre ambas porque han alcanzado el pacto implícito de mantenerlo en secreto. Al fin, un día la anciana no aparece. La cajera hace su turno y el siguiente, por si se hubiera retrasado, pero cuando el supermercado cierra sus puertas continúa sin dar señales de vida. La joven sale a la calle sin saber qué hacer. Y de este modo, sin saber qué hacer, va dirigiendo sus pasos hacia el domicilio de la anciana, frente a cuyo portal realiza un movimiento de duda más retórico que verdadero antes de entrar en él y comprobar, sobrecogida, que tiene algo de mausoleo. La anciana vive en el tercero, a la derecha según se sale del ascensor. La cajera del supermercado llama varias veces al timbre sin obtener respuesta y al cabo de un rato, mirando a un lado y otro, como si fuera una ladrona, abre la puerta y entra en la vivienda.

La anciana está muerta en el sofá del salón, con la televisión encendida. La chica, tras superar el primer instante de desconcierto, recorre la casa hurgando en los cajones de los muebles y en el fondo de los armarios hasta dar con una cartera de piel llena de dinero. Lo cuenta por encima, asombrándose de la cantidad, mucho mayor de la que podía haber imaginado, y cuando va a salir con la cartera debajo del brazo le parece que la vieja respira. Está viva, aunque agonizando. Cuando toca su hombro con aprensión, con pánico, como para despertarla, la vieja vuelve a quedarse quieta. Quizá imaginó que respiraba. Tras un movimiento de duda, y después de cambiar el canal del televisor, pues en el que tenía sintonizado la vieja pasan un debate político muy agrio, sale con el dinero, pero no avisa a la policía. Ya lo hará un vecino, piensa, cuando comience a oler mal en la escalera. La codicia o la necesidad han vencido sobre sus escrúpulos humanitarios. Incluso aunque la vieja no estuviera lista, se dice, tampoco tardaría en fallecer. Además, no sufre.

Durante los días siguientes, lee con ansiedad los periódicos, esperando encontrar la noticia del descubrimiento de la anciana. Al mismo tiempo, ha dado la entrada para un piso. La chica se debate entre los remordimientos y el placer, una cosa por otra, pero pasada una semana, se encuentra en su puesto de trabajo cuando ve a la anciana avanzar, empujando un carro con sus provisiones de pajarito, hacia la línea de cajas, aunque en esta ocasión elige la de al lado. Mientras la anciana paga sus víveres, la chica intenta contener el pánico. Durante las siguientes escenas, el autor hace creer sutilmente, tanto a la cajera como a los espectadores, que quien acude ahora a la compra es el fantasma de la vieja. Un día que la chica está a punto de inculparse públicamente a la hora de mayor afluencia de compradores, para que deje de aparecérsele el espectro, descubrimos que se trata de la anciana en cuerpo mortal. Se había recuperado milagrosamente del ataque y tras alimentarse durante unos días de las sobras que había por la casa, logró reunir fuerzas para salir otra vez a la calle. La vieja, conmovida por los remordimientos de la joven, impide la confesión pública y, como se trata aparentemente de una película de buenos sentimientos, la cajera y la anciana acaban reconciliándose y se adoptan mutuamente, de modo que la chica se convierte en su heredera universal y la anciana se va a vivir con ella al piso que la cajera pagó con el dinero robado, más luminoso y cómodo que el suyo. Ya en la escena final, vemos a la chica preparando con expresión enigmática una infusión. El sentido de la expresión enigmática no es otro que el de trasladar al espectador la sospecha de que quizá esa infusión está envenenada.

A medida que transcurría la reunión, Julio iba viendo dentro de su cabeza la vivienda de la anciana, en la que, debido a los últimos acontecimientos, apenas había podido pensar. Tenía una gran facilidad para construir espacios físicos capaces de representar espacios mentales y eso era lo que más apreciaban de él los directores de cine. Y lo que le pedían. Si cuando trabajaba para la vida real se limitaba a acondicionar espacios preexistentes, cuando lo hacía para el cine le permitían crear esos espacios, como a un arquitecto, y él era un excelente arquitecto de lo falso. Arrullado por las voces de quienes participaban en la reunión, imaginó una casa algo antigua en la que el salón solo estuviera separado del hall de entrada por un arco de escayola en el que en otro tiempo hubo una cortina. La cortina había desaparecido, pero no la barra de latón sobre la que se había deslizado. De ese salón, al que dotaría de una imperfección arquitectónica que solo pudiera ser percibida por la conciencia del espectador, pero no por su ojo, arrancarían dos pasillos casi paralelos, uno que condujera a la cocina, en la que habría a su vez dos puertas que comunicarían con un aseo y una despensa (la despensa sería un poco más grande que el aseo), además de una habitación de servicio, y otro con forma de vesícula que desembocaría en el baño principal y la habitación de la anciana. Había comprobado en un trabajo reciente, para otra película, que dos pasillos cortos resultaban más inquietantes que uno largo. La cajera tendría que decidir cuál investiga primero, como cuando el personaje de un cuento de hadas, en medio del bosque, ha de elegir entre dos senderos diferentes. Además, mientras permaneciera en uno de los pasillos buscando algo de valor, el otro constituiría una amenaza paralela.

La idea gustó no solo por su bondad objetiva, sino porque Julio supo presentarla con eficacia. Tras comprometerse a tener listos en el plazo de una semana los bocetos, se dio por terminada la reunión. No obstante, él se demoró un poco con Elsa, la directora de sonido, con la que había coincidido en otra película cuyos decorados crujían con cada movimiento de los actores.

—El suelo se quejaba más que un quemado —dijo.

—Emplearon unos materiales muy baratos —arguyó Julio—. Fue un problema de producción, no mío.

Mientras hablaban, Julio contemplaba a la mujer con disimulo, pero con la obstinación con la que exploraba un buen decorado cuando pretendía descubrir su secreto. Estaba convencido de que la bondad de una arquitectura procedía casi siempre de una imperfección apenas visible, pero capaz de provocar un movimiento de extrañeza inconsciente en el ánimo del espectador. Elsa era una mujer insignificante hasta que dabas con la puerta oculta por la que se entraba a una dimensión distinta de ella misma. Se le ocurrió la imagen de la puerta porque hacía poco, en unas obras que se llevaban a cabo en un edificio del centro, los obreros habían dado con un pasadizo oculto tras una pared de ladrillo. Se trataba de un edificio modesto bajo el que encontraron sin embargo un tesoro arqueológico. Elsa escondía también bajo aquella apariencia de vulgaridad un tesoro arqueológico y Julio creía haber descubierto el pasadizo por el que se accedía a él. El descubrimiento se produjo en un momento de la reunión de trabajo en el que sus miradas se cruzaron y el tiempo se congeló durante unas décimas de segundo. Y no solo se había congelado el tiempo, sino que un fogonazo sucedido en el interior de su cerebro llenó la realidad de un aura blanca tan intensa que los cuerpos que había alrededor de la mesa se convirtieron en presencias fantasmales, como le había ocurrido al cruzarse con el niño ciego de su infancia y, no hacía mucho, cuando se desdobló convirtiéndose en su vecino. En cierta ocasión, haciendo tiempo en la consulta de un médico, había leído un artículo sobre la epilepsia en el que se describían unos síntomas parecidos. El articulista se refería a ellos como el «aura» que precede a un ataque, pero Julio no era epiléptico.

Había descubierto, en fin, el pasadizo secreto por el que se accedía a la zona oculta de Elsa, la directora de sonido. Por eso ahora, mientras hablaban, Julio iba del todo a las partes y de las partes al todo del cuerpo de la mujer con el asombro de no haber reparado antes en aquellas formas magníficas, ocultas bajo una ropa indefectiblemente oscura. Los ojos de Elsa, exageradamente pequeños, se fijaban en el interlocutor como dos puntas de alfiler, y, aunque sus labios eran finos, no transmitían la apariencia de crueldad asociada a esa característica. Vista de lejos, parecía un signo, quizá un desgarrón abierto en la corteza de la realidad. De no ser por las llaves del piso de Manuel, cuyo volumen se hacía notar dentro del bolsillo con la calidad de una promesa, y por el sentimiento de culpa que le provocaba fijarse de aquel modo en una mujer cuando la suya estaba embarazada, habría prolongado la conversación, pues acababa de descubrir que no era la primera vez que la directora de sonido, siempre con alguna excusa profesional, buscaba su compañía.

Cuando llegó al portal de su casa eran las veinte horas (de este modo lo habría dicho él) y Laura no regresaría hasta pasadas las veintidós, pues esa semana tenía turno de tarde. Vació el buzón de Manuel y con los sobres en una mano y las llaves de la morada ajena en la otra, tomó el ascensor, oprimió el botón del tercer piso y se dejó desplazar verticalmente a lo largo del tubo. Luego abandonó la cabina, pero, en vez de dirigirse a su casa, se dirigió a la de al lado, cuya puerta abrió y cerró tras de sí después de atravesar el umbral.

Si hubiera sido asmático, habría necesitado un broncodilatador, pues al encontrarse completamente solo en el interior de aquella burbuja en la que a nadie se le habría ocurrido buscarlo, las vías de su aparato respiratorio se encogieron por la excitación o por el miedo, obligando a las glándulas suprarrenales a lanzar dosis suplementarias de adrenalina al torrente sanguíneo (también fue de este modo como se explicó a sí mismo el cúmulo de sensaciones corporales al que tuvo que hacer frente antes de dar el primer paso después de haber entrado en la casa de Manuel). Inevitablemente, recordó a la cajera de la película en el instante de invadir el piso de la vieja, pero aquí no había ninguna anciana muerta en el salón. No había nadie, excepto él, Julio, que al comprobar una vez más que todo lo que en su casa caía a su izquierda quedaba en esta a su derecha, tuvo la impresión de haber llegado al otro lado del espejo. La situación le recordó un día que Laura y él intercambiaron sus lugares habituales en la cama, advirtiendo con sorpresa que tanto su cuerpo como el de su pareja estaban compuestos de dos lados.

Aunque ya era de noche, prefirió no encender ninguna luz para evitar que algún vecino advirtiera la presencia de alguien en esa casa teóricamente vacía. Cuando sus ojos se acostumbraron a la luminosidad procedente del exterior, pensó que la cocina de su vecino y la de él, separadas por un delgado tabique que hacía las veces de una lámina de azogue, guardaban entre sí la misma relación espacial que dos siameses unidos por la espalda. El cuarto de baño y las dos habitaciones acataban asimismo las leyes de la reflexión con un sometimiento sorprendente. Aficionado como era a la arquitectura, sabía que aquella disposición especular tenía sobre todo un fundamento económico, pues estaba determinada por la conveniencia de que hubiera una sola acometida general y unos desagües comunes para todo el edificio. Si cada vivienda tuviera la cocina y el cuarto de baño en un sitio diferente, habría que multiplicar el acceso a las infraestructuras con el consecuente aumento de los costes. Dios, pensó Julio en medio de las tinieblas del piso de Manuel, también estaba determinado por una lógica económica. El sexo se encontraba tan cerca de la cloaca y compartía el mismo desagüe con la orina por una cuestión económica. Dios podría haber colocado el sexo en la espalda, por ejemplo, donde quedaba mucho espacio libre, pero a costa de desviarse de la acometida general, encareciendo mucho el edificio. Ni Dios ni los arquitectos controlaban el producto final, que dependía de un pensamiento económico que los sobrepasaba. De ahí que la vivienda fuera en última instancia una réplica del cuerpo y por lo tanto un espacio mental. Siempre lo había sabido, pero no con la intensidad ni con el grado de culpa con los que esa evidencia se manifestaba en este instante, pues le asaltó la idea de que recorrer clandestinamente aquella casa no era muy diferente a caminar por el interior de la cabeza de su amigo. Tal vez Manuel, en la cama del hospital, sintiera los pasos de Julio en el interior de su bóveda craneal. Tal vez, al pisar una zona u otra de la vivienda, activara diferentes zonas del cerebro de su vecino, del mismo modo que al masajear una u otra zona de la planta del pie, según Laura, se estimulaba una u otra zona del cuerpo.

El salón de la casa de Manuel tenía las particularidades que Julio ya había apreciado en las pocas ocasiones en las que había entrado en la vivienda. Donde Laura y él habían puesto el tresillo convencional, Manuel había habilitado un espacio para leer, escuchar música y ver películas. Los muebles, escasos y vagamente japoneses, no estaban articulados en torno al televisor, de pantalla plana, para negarle así su condición de centro. Una barra de cobre que atravesaba la pared de la cocina americana y de la que colgaban las sartenes, los cazos y las espumaderas emitió un destello en medio de la oscuridad al atravesar la calle una ambulancia cuya luz se reflejó en la ventana, que carecía de cortinas.

Esta era la única parte de la casa de Manuel que conocía, pues nunca había sido invitado a ir más allá del salón. Avanzando por el pasillo alcanzó enseguida la primera puerta, que abrió como con miedo a despertar a alguien. En ella distinguió el bulto de la cama (en realidad, un futón sobre una tarima de madera) y de un sillón para leer. En esto, le pareció oír el ruido del ascensor al detenerse en su piso. Enseguida escuchó abrirse y cerrarse la puerta de su propia casa y a continuación le llegó, con una limpieza sorprendente, el taconeo de Laura a lo largo del pasillo. No era su hora, pero se había adelantado por alguna razón. Julio, acentuando el sigilo con el que iba de un lugar a otro, se dirigió hasta el fondo del pasillo y abrió con mucho cuidado la habitación en la que Manuel tenía una especie de cuarto de trabajo.

Pese a ser un escritor sin producción, o quizá por eso, necesitaba un sitio con un ordenador en el que no escribir. Desde la ventana de esta habitación se veía, al otro lado del patio, la ventana del cuarto de trabajo de Julio, cuya puerta debía de estar abierta, pues se filtraba en él una suerte de claridad procedente del pasillo. Así estaba Julio, contemplando ensimismado su propia habitación desde el otro lado del espejo, cuando se iluminó de súbito y entró en escena Laura, que había ido a sacar algo del armario en el que guardaban la ropa de cama y las toallas. Antes de abandonar la habitación, Laura se detuvo frente a la ventana y miró unos instantes hacia la habitación de su vecino. Luego, se dio la vuelta, apagó la luz y salió. Julio, que había estado conteniendo la respiración, expulsó el aire de sus pulmones y volvió sobre sus pasos.

Decidió que saldría con cuidado de la casa, bajaría las escaleras a pie, y tomaría el ascensor, como si llegara en ese momento de la calle. También decidió que ocultaría a Laura el hecho de que disponía de las llaves del piso de Manuel. Se limitaría a decirle que su padre le había dado la del buzón para evitar que se acumulara la correspondencia. Y así lo hizo. Salió con sigilo del piso, lo cerró controlando los movimientos de la cerradura, para que no hiciera ruido, bajó las escaleras de puntillas y entonces se dio cuenta de que todavía llevaba entre las manos, sudadas por la tensión, las cartas de Manuel que había recogido al llegar al portal. Antes de tomar el ascensor, separó la llave del buzón de las del piso y escondió estas en el bolsillo.

Cuando entró en su casa, Laura le dijo que había venido antes del trabajo porque no se encontraba bien y le recordó que al día siguiente, a primera hora de la mañana, tenía hora con el ginecólogo, por si Julio podía acompañarla.

—¿Y toda esa correspondencia? —añadió señalando con la mirada el manojo de cartas que Julio llevaba en la mano.

—Es de Manuel —respondió Julio—. Su padre me ha dado la llave del buzón para evitar que se llene.

—A ver si lo conozco.

—En este viaje no podrá ser. Ha vuelto a China —respondió Julio anunciando que dejaba la llave del buzón de Manuel en el mueble de la entrada, para que uno u otro se hiciera cargo de vaciarlo periódicamente.

La sala de espera de la consulta del ginecólogo era grande y rectangular. Julio calculó que procedía de la unión de dos habitaciones de distinto tamaño cuyo tabique de separación había sido eliminado. De la antigua disposición quedaban las molduras de escayola del techo, así como el dibujo del parqué y la situación de las lámparas. Le vino de nuevo a la cabeza la imagen de los dos siameses unidos por la espalda y se preguntó qué ocurriría si se tirase abajo la espalda, que era el tabique, convirtiendo las dos cajas torácicas en una. Probablemente continuarían siendo dos individuos, lo mismo que esta sala de espera seguía compuesta, pese a los esfuerzos del decorador, por dos habitaciones. En el rincón donde había tomado asiento había una librería oscura y grande, repleta de volúmenes encuadernados en piel. El resto de las paredes estaba cubierto con obra gráfica de firmas conocidas. Al fondo de la sala, en el extremo opuesto al ocupado por él, y sobre la repisa de una chimenea de mármol, había un gran reloj de cuerda en cuya esfera se desarrollaba un motivo mitológico. Sus agujas permanecían detenidas en las diez y diez.

La luz, tamizada por unos visillos protegidos a su vez por unas gruesas cortinas, llegaba al interior a través de tres ventanales de dos hojas cada uno, que daban a la calle principal. La sala estaba dividida en varios ambientes separados por biombos de madera lacada con incrustaciones de marfil. Sobre las mesas, también de carácter oriental, había libros de arte y revistas de medicina. El conjunto evocaba el salón, quizá la biblioteca, de un club selecto más que la sala de espera de un médico.

Mientras esperaba a Laura, que había preferido pasar sola a la consulta del doctor, Julio valoró la decoración, algo recargada según su criterio, pero indicadora de un gusto cuyas convenciones gozaban de un gran consenso. También era una decoración eficaz en el sentido de que transmitía seguridad a los pacientes. Mientras uno estuviera rodeado de aquellos objetos, abrazado por aquellos sillones, y envuelto en la misma atmósfera intemporal que ellos, no podría pasarle nada. En una puntuación de uno a diez, le habría puesto un siete, quizá un siete y medio. Sorprendentemente, quizá por la hora (las nueve de la mañana), solo él permanecía en la consulta.

Aunque al recibir la noticia del embarazo se había mostrado partidario de utilizar los servicios de la Seguridad Social, Laura prefirió acudir a este médico que le habían recomendado en el trabajo y que había alcanzado cierta fama en la práctica del parto sin dolor (ni siquiera era partidario de la anestesia epidural). Hacía parir a las mujeres sentadas, en lugar de acostadas, sobre una especie de trono sin asiento, pensado para obtener el mayor provecho de la fuerza de la gravedad.

Como Laura se retrasara, se levantó y echó un vistazo a los títulos de los libros. Había una sección de literatura clásica y otra de tratados médicos. Despertó su curiosidad, en esta última, un libro titulado *El útero como mansión*, al que echó mano y extrajo del conjunto observando con sorpresa que no era más que un trozo de madera forrado con un pedazo de piel que quizá fuera también sintética. Tras comprobar que nadie lo observaba, devolvió el falso libro a su sitio y volvió a sentarse desconcertado. Pasados unos minutos, se incorporó con sigilo y fue hasta la chimenea, a cuyo hueco se asomó comprobando que se trataba también de una falsa chimenea. Quizá, se dijo, la enfermera que les había abierto la puerta y el propio ginecólogo fueran unos impostores. Y aunque sabía que se trataba de una idea retórica, no pudo dejar de preguntarse hasta dónde se podía mentir sin cometer delito. Si era legal tener libros falsos y chimeneas falsas (sabe Dios qué más cosas falsas habría en aquella habitación), qué obligación tenía el ginecólogo de ser auténtico. También de forma retórica se preguntó entonces si Laura sería una paciente verdadera, a lo que le respondió ella misma al poco de que llegaran a la calle, pues resultó que no estaba embarazada.

—¿Cómo que no estás embarazada? Si te hiciste la prueba.

—Era una de esas pruebas de farmacia, que tienen un porcentaje muy alto de fallos —respondió entre sollozos.

Julio se quedó atónito. Había tenido fantasías en las que se veía con el niño subido a sus rodillas, con el niño de la mano, por el parque, con el niño ayudándole en un taller imaginario, de su propiedad, donde dirigía la construcción de los decorados que diseñaba para el cine. Nunca se había atrevido a dar ese paso, que implicaba una inversión económica no exenta de riesgo, pero la idea del hijo le había llenado de optimismo y fuerza. Recordó los libros falsos, la chimenea falsa, la enfermera falsa, el médico falso y añadió a esa lista el niño falso de Laura y él.

Se encontraban en medio de la calle, cada uno con su casco de la moto. Julio se ofreció a acercarla al trabajo, pero ella se negó. Prefería coger el autobús o el metro. Incapaz de darle un consuelo que quizá él necesitaba más que ella, Julio vio alejarse a su mujer por una calle con árboles que también tenía algo de decorado teatral.

Luego tomó la moto y regresó a casa con la idea de trabajar, aunque, una vez allí, la idea de que podía entrar en la casa de Manuel no le dejaría concentrarse.

Julio tenía un programa de ordenador con el que resultaba sencillo diseñar interiores, pero él disfrutaba más construyendo maquetas de cartón. Trabajar con los dedos le proporcionaba una paz de espíritu que no obtenía con ninguna otra actividad. Se había acostumbrado a tratar el cartón casi como si fuera arcilla. Cuando necesitaba obtener de él formas que contravenían su naturaleza plástica, se humedecía, como el alfarero, las puntas de los dedos, y lograba deformaciones sorprendentes. De este modo había conseguido convertir los dos pasillos de la casa de la vieja, para la película de la cajera, en dos especies de vesículas, lo que proporcionaba a la vivienda un aire orgánico.

La maqueta de la casa carecía de techo y estaba colocada sobre una mesa de trabajo alrededor de la que Julio daba vueltas para añadir o quitar elementos. Observada desde arriba, bastaba un golpe de vista para advertir de manera confusa (y en la confusión residía su eficacia) que, más que una casa, era una trampa. Había colocado en cada habitación pequeños muebles de cartón rizado muy esquemáticos, a los que un toque de pintura acrílica proporcionaba un aire extraordinariamente realista. No era difícil imaginar a la cajera penetrando en aquella vivienda, que no era la suya, como un virus penetra en el organismo de un mamífero. Julio podía verla detenida en medio del salón, contemplando, atónita, el cuerpo de la anciana sobre el sofá, frente al televisor encendido. En ocasiones, fabricaba también con plastilina pequeñas figuras, pero no siempre las presentaba a los clientes, pues había observado que provocaban una inquietud excesiva en ellos. Se reían, aturdidos, al contemplar el trabajo, pero se trataba de una risa algo estremecedora.

Tras detenerse unos instantes frente al cadáver, la cajera llegaba al extremo del salón y dudaba cuál de los dos pasillos tomar, en cuál de las dos vesículas introducirse. Ambas terminaban en un *cul de sac* del que se podía volver, aunque algo de uno quedaba atrapado en el fondo. La cajera penetraría en el pasillo equivocado para dar tiempo a que la casa fuera digiriendo a la extraña sin que ella se diera cuenta de estar formando parte de un proceso gástrico. La chica tenía que provocar en el espectador la imagen de una idea suelta en el interior de una cabeza vacía.

A medida que fijaba con pegamento los tabiques de cartón en los que con una cuchilla había abierto las correspondientes puertas o ventanas, se imaginaba a sí mismo invadiendo de nuevo el piso de Manuel. Desde que hubiera estado en él, al moverse ahora por su propia casa, sentía que un duplicado invisible de sí mismo realizaba movimientos idénticos en la de al lado. Si se agachaba para recoger un tubo de pegamento que se le había caído al suelo, su fantasma se agachaba también en la casa de Manuel tomando entre sus dedos un tubo de pegamento espectral. Y cuando se dirigía al cuarto de baño, una sombra de sí mismo se dirigía al cuarto de baño del piso de Manuel. Acostumbrado a reducir los espacios arquitectónicos a maquetas, podía ver en su imaginación las dos viviendas, adheridas la una a la otra como las partes de un espejo de dos caras. Y él estaba ya inevitablemente en los dos lados.

El trabajo con la maqueta y con las ideas tampoco lograba alejar el desasosiego provocado por la noticia del falso embarazo de Laura. Deseaba ese hijo. A veces, se despertaba en medio de la noche y sentía un escalofrío frente a la idea de envejecer sin descendencia. Quizá Manuel había ocupado el lugar del hijo durante los últimos tiempos, pero si Manuel no regresaba del coma, Laura y él tendrían que mirarse el uno al otro sin intermediarios; tendrían que hablarse sin intermediarios; que administrar sus silencios y sus conversaciones y sus quejas sin intermediarios. Desde algún punto de vista podría parecer que había dejado de querer a Laura y que necesitaba una presencia exterior a ellos para llenar ese vacío. Pero no era así. Por el contrario, concebía el deseo de tener un hijo como una estación más dentro de su proyecto amoroso. Él tenía treinta y cinco años y ella treinta y cuatro. Llevaban diez años juntos, los cuatro últimos casados. Lo lógico, pensaba, era que de ese trato surgiera algo tangible en lo que continuar mirándose y ese algo no podía ser otra cosa que un hijo. Así era la vida.

El olor a pegamento, mezclado con las preocupaciones que iban de un lado a otro de su cabeza como la cajera iba de un lado a otro de la casa de la anciana, le provocó un acceso de sudor, casi un desvanecimiento. Abrió la ventana y se asomó al patio interior. Desde su ventana salían unas cuerdas que iban hasta la de Manuel, donde daban la vuelta para regresar a la suya. Cada dos vecinos compartían un juego de tendales. Recordó que Laura, al día siguiente de que Manuel sufriera el accidente, había recogido algunas prendas del vecino puestas a secar. De súbito, se preguntó dónde las habría guardado, encontrándolas después de una minuciosa búsqueda, sorprendentemente mezcladas con la ropa de su mujer. Había un par de calzoncillos, cuatro pares de calcetines y una camisa.

Por un momento, tuvo la tentación, que reprimió enseguida, de probarse aquellas prendas. No pudo reprimir, sin embargo, la de tomar las llaves para regresar a la casa de Manuel. Tras cerciorarse de que no se producía ningún movimiento en la escalera, abrió la puerta y penetró en el piso de al lado. Podía verse a sí mismo desde arriba, como si la vivienda fuera una maqueta y él un muñeco móvil, un autómata. La casa de Manuel, a la luz del día, resultaba más tranquilizadora que por la noche. Como no esperaba ver nada nuevo en el salón, penetró en la zona íntima, rebasó el dormitorio, situado a la izquierda del pasillo, y se dirigió al cuarto de estudio, cuya puerta se encontraba al fondo del pasillo, un poco a la derecha. Como su propio cuarto, tenía una mesa para el ordenador, adosada a la pared de la ventana que daba al patio. Las paredes estaban forradas por estanterías llenas de libros, que habían invadido el suelo también, colocados en pilas o abandonados de cualquier modo. Como el sentimiento de transgresión era muy alto, abandonó enseguida esta dependencia y, volviendo sobre sus pasos, entró en el dormitorio, que estaba amueblado con una tarima de madera sobre la que reposaba una colchoneta. A ambos lados de la cabecera había, sobre el suelo, sendas pilas de libros. Aparte de ese mueble, no había en el dormitorio más que una especie de sillón antiguo, pensado para leer. Tras un movimiento de duda, Julio se quitó los zapatos y se tumbó, con cierta aprensión, sobre la cama de Manuel, en la posición de un muerto. Al otro lado de la pared, como una prolongación de la del vecino, estaba la cama de él y de Laura. Intentó pensar en sus problemas desde la cabeza de Manuel, pero Manuel pertenecía a otro sistema lógico. No le preocupaba, por ejemplo, ganarse la vida. Intentó imaginar cómo sería la vida sin tener que ganársela y le vino a la cabeza esa expresión, tantas veces oída, «vida regalada». Había una diferencia sustancial entre ganarse la vida y que te la regalaran. Se imaginó sin hipoteca, sin agobios económicos, dedicado exclusivamente a conjeturar si los hombres se acuestan con sus madres cuando se acuestan con sus mujeres... Pensó en el padre de Manuel (¿se ganaría la vida un embajador?), para el que quizá el propio Manuel fue en su día un regalo. Si él tuviera una vida regalada, se dedicaría a construir maquetas por el propio placer de construirlas. Quizá fundara un museo de maquetas lo suficientemente grandes como para que los visitantes pudieran penetrar en ellas y jugar a ser los muñecos de un decorado gigantesco en el que habría consultas de ginecólogos y supermercados y viviendas de ancianas que vivían y morían solas, con el televisor encendido, y casas de matrimonios y de solteros y conventos de curas y de monjas... A lo que aspiraba en realidad era a reproducir la vida a la misma escala que la vida, de ahí, pensó, la necesidad del hijo.

Entre las ideas que circulaban desordenadamente por el interior de su cabeza, apareció inopinadamente la imagen de Elsa, la directora de sonido. En otras ocasiones había intentado, sin conseguirlo, evocar su rostro, sus facciones, su mirada. Ahora la vio dentro de sí con la claridad con la que se ve una fotografía en un álbum. Se trataba de una fotografía en blanco y negro, pero también, pensó, Elsa era en cierto modo una mujer en blanco y negro. Con la imagen de ella fue cayendo a cámara lenta en un sueño del que lo despertó al rato, bruscamente, el sonido de un teléfono. Julio abrió los ojos y se incorporó aterrado sin recordar dónde se encontraba ni quién era. El teléfono sonaba como desde otra dimensión, como si, encontrándose él en el mundo de los muertos, fuera capaz de escuchar una llamada procedente del de los vivos. O como si, hallándose en un hogar, fuera capaz de oír los sucesos domésticos de otro. Al sexto timbrazo saltó el contestador automático y se escuchó la voz de Manuel invitando a dejar un mensaje. Con el corazón en la garganta, Julio contabilizó las décimas de segundo que quien llamaba tardó en colgar sin decir nada. El hecho de no haber previsto la eventualidad de que sonara el teléfono en esa casa vacía le produjo una extrañeza de la que tardaría en recuperarse.

A los pocos días, Julio entregó la maqueta para la película con las especificaciones habituales y la productora le encargó su realización. Luego llegó la Navidad, a la que Laura y él permanecieron ajenos, pues todo cuanto les rodeaba parecía ocurrir en una instancia diferente, aunque penetraba residualmente en la suya como los ruidos de una vivienda se cuelan en la de al lado a través de los tabiques. Aunque se deterioraban con silenciador, pues cada uno disparaba al otro (y quizá a sí mismo) sin discusiones ni reproches, no se hacían menos daño que en los procesos de corrupción convencionales. Se relacionaban casi exclusivamente por la noche, mientras cenaban frente al televisor, intercambiando informaciones de orden práctico en un tono burocrático al que añadían cada día nuevos trámites.

Siguiendo las pautas de un acuerdo tácito, ella era la primera en retirarse y se hacía la dormida cuando él entraba en la cama, donde permanecían espalda contra espalda, en una disposición arquitectónica semejante a la que guardaban su casa y la de Manuel, aunque ellos carecían de una dependencia que diera a un patio interior común.

Julio se preguntaba cuánto tiempo podrían vivir de ese modo y fantaseaba a veces con la posibilidad de plantear la separación, aunque inmediatamente, al calcular la cantidad de problemas de orden práctico a los que tendría que hacer frente, cambiaba de fantasía. No ignoraba que los problemas prácticos eran una coartada para no pensar en los emocionales, pues lo cierto es que cuando se veía saliendo de casa en dirección a ningún sitio, sentía un desamparo que combatía imaginando que era recogido en la calle por Elsa, la directora de sonido, con cuya imagen se ensimismaba a menudo.

Aunque habían dejado de acudir juntos al hospital, el día de Fin de Año, por la tarde, fueron los dos a visitar a Manuel. Les sorprendió el contraste entre su propio estado de ánimo y el del sanatorio, pues la planta estaba adornada con motivos navideños y reinaba entre el personal sanitario un aire festivo que intentaban disimular frente a los visitantes. Una enfermera algo achispada los acompañó hasta la habitación de Manuel asegurando que el paciente dormía como un niño. Laura y Julio intercambiaron una mirada sin expresión y enseguida bajaron la vista hacia el enfermo, intentando comprender el misterio por el que su amigo se encontraba presente y ausente al mismo tiempo. Lo observaban como si su cuerpo fuera una grieta que los asomaba al vacío que había dejado en sus vidas.

En esto, entró un sanitario con una bata blanca y un gorro de Papá Noel que, tras un breve saludo, se dirigió al paciente, le levantó los párpados, le observó las pupilas a la luz de una linterna y anotó algo en un gráfico. Antes de abandonar la habitación, puso el gorro de Papá Noel al enfermo, volviéndose después hacia los visitantes para recibir una aprobación que no obtuvo, por lo que volvió a quitárselo con expresión contrita. Como le hubiera desordenado el pelo, Laura acercó su mano a la cabeza de Manuel y le colocó el cabello con una naturalidad que turbó a Julio.

—¿Y no se puede hacer otra cosa que esperar? —preguntó Laura para romper el silencio.

—Nada, mantenerlo hidratado y prevenir las infecciones —respondió la enfermera con una alegría absurda.

Cuando abandonaron el hospital y se disponían a dirigirse a la casa del padre de Julio, donde habían quedado para cenar, Laura alegó que no se encontraba bien y que prefería retirarse.

—Ve tú a la cena y me disculpas con tu padre.

—¿Pero cómo te vas a quedar sola el día de Fin de Año?

—No digas tonterías, sabes que es un día como otro cualquiera.

Julio accedió, para no provocar una pelea, a condición de que le permitiera dejarla en casa, pues dada la hora, muy cercana a la de la cena familiar, había pocos taxis. Los autobuses pasaban con regularidad, pero por la expresión de la gente que viajaba en su interior iluminado, parecía que se dirigían todos a la morgue.

Atravesaron la ciudad a bordo de la moto como si se movieran por el interior de una perspectiva fantástica. Ellos mismos tenían, para alguien que los hubiera visto avanzar en medio de la noche a bordo de aquel artilugio metálico, algo de irreal. La oscuridad era pulida y azul, como suele ser en los días más fríos del invierno en las ciudades secas.

Tras detener la moto frente al portal de su casa, Laura se bajó de ella y se despidió de Julio. Tenía el cristal del casco empañado, por lo que apenas se apreciaban sus facciones.

—Tienes que limpiarlo con un producto antivaho —dijo él tratando de sonreír; siempre le decía lo mismo.

Ella hizo un gesto con la mano y se perdió en el interior del portal sin quitárselo.

Julio dio la vuelta y se dispuso a atravesar la ciudad en la otra dirección. Su padre vivía en un barrio periférico, azotado por la intemperie, en cuyas esquinas los servicios municipales arrojaban a primera hora sal para evitar la formación de placas de hielo. Conducía deprisa, con el cuerpo pegado al depósito, para que el parabrisas le cubriera, pues el frío, pese al tejido especial de su mono, le llegaba a la piel. Iba contando las farolas que le salían al paso haciendo una breve pausa cada cuatro, como si construyera versos: una, dos, tres, cuatro / cinco, seis, siete, ocho / nueve, diez, once, doce... Al llegar a este número, volvía al principio. Hizo cuatro series de farolas (cuarenta y ocho), dos de árboles (veinticuatro) y tres de papeleras (treinta y seis). Cuando se disponía a contar semáforos, llegó a la casa de su padre, en cuyo ascensor se quitó el casco, se arregló un poco el pelo y se desabrochó el mono hasta la cintura.

Abrió la puerta la mujer de su padre, Luisa, que llevaba en una mano una manopla de cocina y en la otra un canuto.

—Estaba a punto de ver cómo va el cordero —dijo después de que se besaran.

Julio la siguió hasta la cocina, donde la mujer extrajo la bandeja del horno e hizo un gesto de aprobación. Se trataba de una pierna y parte de la costilla, aunque había también una cabeza abierta por la mitad.

—Lo de la sesera es cosa de tu padre —dijo—. A mí me espanta.

—Ya lo sé —añadió Julio.

—¿Y Laura?

—A última hora se encontró mal y ha decidido quedarse en casa.

—Qué lástima, hace tanto tiempo que no nos vemos... Tu padre está acabando de arreglarse. Aparecerá de un momento a otro. ¿Cómo me ves a mí? —preguntó la mujer levantando los brazos para que Julio apreciara la hechura de un vestido negro, muy ajustado, y quizá las formas de un cuerpo que había adelgazado desde la última vez que se vieran.

—Estás estupenda —dijo él acabando de desprenderse del mono y buscando un sitio donde colocar las cosas.

Una vez en el salón, la mujer le ofreció el canuto, pero Julio lo rechazó con un gesto que incluyó, a su pesar, un punto de censura.

Al poco llamaron a la puerta y apareció Amanda, la hija de Luisa, con una niña de seis o siete años. Amanda era un poco más joven que Julio y solo habían coincidido en acontecimientos familiares como el que les reunía aquella noche. Ni ella preguntó a Julio por su mujer ni Julio a ella por su marido, al que ni siquiera recordaba haber visto. Amanda dijo que la niña se había dormido en el coche.

—Pero se ha despertado al aparcar —añadió.

La pequeña, muy delgada, era aparentemente silenciosa, y se movía de un lado a otro sin despegar los brazos del cuerpo. Julio sintió que le miraba de un modo especial, de manera que se agachó y le dio un beso. Tras los saludos, Amanda pidió una copa, aprovechando el primer sorbo para ingerir discretamente una pastilla que sacó del bolsillo del pantalón vaquero destinado a las monedas. Solo Julio se dio cuenta. El tejido del vaquero llevaba incrustaciones de hilo de color plata. Cuando Luisa se introdujo en el pasillo para buscar a su marido, que se retrasaba anormalmente, Amanda colocó una mano sobre el brazo de Julio y le dijo con expresión de complicidad que había llegado con su madre al acuerdo de que esa noche no discutirían.

—A ver si lo conseguimos —añadió.

—¿Por qué no? —preguntó Julio.

—Porque discutir con la familia en estas fechas está en la naturaleza de las cosas.

El padre, que se llamaba como el hijo, apareció enseguida. A Julio le pareció que estaba más joven que la última vez que lo había visto, pero como se trataba de una apreciación absurda, no hizo ningún comentario.

—Me ha dicho Luisa que Laura no ha podido venir —señaló el hombre con gesto de contrariedad, tras darle un abrazo.

—No se encontraba bien.

—¿Qué tal el trabajo?

—Bien, acabo de cerrar un proyecto para hacer los decorados de una película. Tengo que construir una casa entera dentro de una especie de hangar gigantesco.

—Al final te vas a dedicar a lo mismo que yo.

—Pero mis casas son de mentira.

—Eso es verdad.

El padre de Julio tenía una empresa dedicada a reformas de albañilería que había quebrado tres o cuatro veces y que había logrado poner en pie otras tantas. En su día, intentó que Julio estudiara arquitectura para que supliera sus carencias y convertirse así en un verdadero constructor. La negativa del hijo había abierto entre ellos una herida que continuaba sin cerrar.

—¿Qué tal está tu madre?

Julio no sabía nada de ella desde que la organización de ecologistas para la que trabajaba la hubiera enviado al extranjero, pero respondió que habían hablado por teléfono y que se encontraba bien.

—Me ha encargado que te diera recuerdos —mintió.

Mientras los adultos hablaban, Julio miraba de vez en cuando a la niña comprobando con sorpresa que ella no dejaba de observarle desde el sofá, donde había tomado asiento. Antes de que se sentaran a cenar, la pequeña se quedó dormida en una postura extraña, algo incómoda. Amanda decidió llevársela en brazos a una de las habitaciones de la casa y regresó enseguida.

Durante la primera parte de la cena, la conversación fue de un asunto a otro, a la deriva, como buscando puerto. Se estabilizó un poco al comentar Amanda que tanto su madre como el padre de Julio tenían muy buen aspecto.

—Es que hemos adelgazado y nos hemos hecho un lifting —dijo Luisa.

—Lo del lifting era un secreto, mujer —respondió el padre—. Nos lo hemos regalado por Navidad, pero solo nos hemos retocado esta zona, para quitarnos las bolsas de los ojos, que envejecen mucho. Pero lo que más ha influido en nuestro rejuvenecimiento es que acabamos de pasar unos días en el campo, en una de esas casas rurales.

Añadió que la habitación de ellos, en la planta baja, daba a un patio con un estanque rodeado de hiedra. Al levantarse, se abrigaban y salían para escuchar el canto de una rana a la que no lograban ver. Un día, pese a su ignorancia en asuntos de la naturaleza, les pareció extraño que la rana cantase cuando ellos llegaban y se callase cuando se iban. Entonces removieron los juncos y descubrieron un artefacto electrónico que, al detectar una presencia, activaba un aparato que reproducía el canto del animal.

—A partir de ese momento —dijo Luisa riéndose—, ya no nos creímos nada. La casa rural, el campo, las magdalenas de la abuela, el pan de leña..., todo, incluido el propio campo, nos parecía un decorado.

Quizá porque Julio era decorador, la alusión de la mujer produjo un silencio incómodo, que rompió él mismo añadiendo que hacía poco, en el médico, había tomado de una estantería un libro que resultó ser falso.

—Me pregunté, como es lógico, si el médico no sería falso también.

—¿Qué clase de médico era? —preguntó Amanda.

—Un ginecólogo.

—¿Y qué hacías tú en el ginecólogo?

—No era por mí, era por mi mujer. Creíamos que estaba embarazada, pero no.

—Un embarazo falso. Lo normal es que lo tratara un ginecólogo falso —dijo Luisa y esta vez contagió a todos, incluso a Julio, con sus risas.

—Por cierto —añadió el padre—, que la piedra de la que estaba hecha la casa rural también era sintética. Hacen unas piedras sintéticas increíbles. No te das cuenta de que son falsas hasta que las tocas.

Amanda se inclinó entonces hacia Julio, a quien tenía a su lado, y le dijo:

—¿Te acuerdas de la niña que he traído?

—Sí.

—Pues era un maniquí.

El comentario de su hija produjo en Luisa un acceso de risa tal que se tuvo que incorporar para no atragantarse. También el padre de Julio lo celebró mucho.

—Este año no discutiremos, mamá.

—Este año no, hija.

Julio comprendió que era el único que no había consumido ningún tipo de estupefaciente, por lo que le costaba participar de la complicidad general. Entonces se sirvió otra copa de vino e intentó ponerse a la altura. Al rato, como si aquel estado general fuera contagioso, se sintió también más liberado de las ataduras de la realidad y se animó a relatar algo que aseguró haberle ocurrido en una cafetería:

—Estaba haciendo tiempo para ver a un cliente, cuando escuché una conversación entre dos chicas que no tendrían más de quince años...

—Si a los que miran —interrumpió Amanda— les llamamos mirones, cómo deberíamos llamar a los que escuchan.

—Déjale seguir —intervino su madre.

—... Una de ellas —continuó Julio— le contaba a la otra un sueño según el cual, al volver del colegio a casa, había encontrado a su padre disfrazado de su madre y a su madre de su padre. Se dio cuenta enseguida, aunque no se atrevió a decir nada. A los pocos días, y como los padres continuaran disfrazados, la chica propuso a su hermano que ellos intercambiaran también sus papeles y así lo hicieron sin que ni sus padres ni sus profesores ni sus amigos se dieran por enterados. La adolescente empezó entonces a enamorarse del mejor amigo de su hermano, al que frecuentaba, en su nuevo papel de chico, más que antes. Un día, para que su amor no tuviera impedimentos, le confesó que en realidad, aunque parecía un chico, era una chica, a lo que el amigo de su hermano le respondió que tampoco él era un hombre, sino una mujer. «Voy disfrazada de mi hermano», añadió.

—Te lo estás inventando —dijo Amanda.

—No, no, es verdad —confesó Julio al comprobar el poco éxito de aquella historia que tanto le había conmocionado a él.

Luisa, sin embargo, tras observar durante unos segundos a Julio con expresión de sorpresa, se llevó la servilleta a los labios y estalló en una carcajada que contagió a todos. Julio se puso otra copa de vino. Cuando su mirada se cruzó con la de su padre, que tenía las pupilas anormalmente dilatadas, comprobó que se trataba de una mirada de afecto, lo que le llenó de una seguridad insólita. Mientras los otros reían, se fijó en la jarra del agua, que tenía forma de útero, y comprendió de súbito, como en una revelación, que, tal y como había estudiado en el colegio, el setenta por ciento de su propio cuerpo era agua. Entonces dijo:

—Es muy fácil entender teóricamente que estamos hechos de agua. Lo difícil es entenderlo con las emociones, como lo estoy entendiendo yo en este mismo instante.

—¿Qué quieres decir? —preguntó Amanda que, todavía congestionada por la risa, había retirado hacia el centro de la mesa el plato con los restos del cordero.

—Pues que soy una masa líquida. ¿No te das cuenta?

—A mí me pareces un hombre muy sólido.

Entonces Julio se levantó y recorrió el salón de un lado a otro haciendo equilibrios de funámbulo, como si anduviera por un hilo.

—Ando así, con cuidado, para no derramarme porque estoy lleno de agua.

La escena tuvo mucho éxito; tanto, que Amanda se levantó también y comenzó a caminar detrás de él como si llevara sobre la cabeza un cubo lleno de agua hasta los bordes.

—Mirad, no nos derramamos. A ver vosotros.

El matrimonio se levantó y al poco estaban los cuatro recorriendo con mucho cuidado el salón de un lado a otro, asombrados de no derramarse pese a llevar tanta agua dentro. Luisa iba conteniendo la risa hasta que estalló y tuvo que sentarse. La hija observó el suelo y señaló unas partículas de saliva.

—Mi madre —dijo— se ha derramado un poco, mirad estas gotas. Has perdido.

Tomaron el postre reconfortados por esta escena cómplice y llegaron al momento de las uvas, el más temido por Julio, en una atmósfera de desinhibición que lo convirtió en un mero trámite. Tras las campanadas, que escucharon por la televisión, se abrazaron y brindaron con cava. En ese momento, como si las calles intentaran recuperarse del recogimiento anterior, empezaron a estallar petardos y a escucharse gritos. La hija de Amanda se despertó y comenzó a llorar. La madre puso una cara muy cómica, de terror.

—¡Mi maniquí llora! —gritó.

—Tráetela aquí, mujer —dijo Luisa—, que disfrute del Año Nuevo con nosotros.

—No, no, que se descentra con el sueño y mañana me da el día.

Julio dijo que él se ocuparía de la niña y a continuación, sin esperar respuesta, se incorporó e internándose en el pasillo buscó la habitación de la que procedía el llanto. Al abrir la puerta, vio a la pequeña de pie, en medio de la habitación, iluminada por la luz de las farolas que se colaba a través de una ventana sin cortinas. Al ver la sombra de Julio, la pequeña cesó de llorar. Entonces, él se agachó y tomó su mano:

—¿Qué pasa? —preguntó.

—Hay un animal en esa silla.

Julio miró hacia donde decía la pequeña y vio un conjunto de ropa desordenada que en la oscuridad podría parecer una fiera al acecho. Encendió la luz e invitó a la niña a acercarse y tocar la ropa, para que comprobara lo infundado de su miedo. La niña acercó la mano a la ropa, pero no llegó a tocarla.

—Al encender la luz se ha convertido en ropa —dijo.

Julio la condujo a la cama y la tapó.

—¿Cómo te llamas?

—Julio. ¿Y tú?

—Julia.

—Qué casualidad.

—No es una casualidad. Es el nombre de mi abuelo y tú eres el hijo de mi abuelo. En las familias todo el mundo se llama igual.

—¿Cómo sabes que soy el hijo de tu abuelo?

—Me ha dicho mamá que vendrías a la cena con tu mujer.

—Mi mujer no ha podido venir.

—¿Por qué?

—Porque le dolía la cabeza.

—¿Cuánto pesa tu mujer?

—No sé. ¿Y tú?

—Treinta y dos kilos y medio.

Julio apagó la luz y se sentó en la cama, junto a la cabecera de la niña, con quien intercambió, ya en la penumbra, una mirada que le perturbó.

—Si quieres que me duerma, me tendrás que contar un cuento —dijo la niña.

—Yo no sé contar cuentos —dijo Julio.

—Entonces no me dormiré.

El adulto y la pequeña permanecieron en silencio unos instantes, cada uno a la espera de que el otro resolviera la situación. Finalmente, cedió la niña.

—Tú di érase una vez y verás como sale solo.

—Érase una vez —dijo Julio y se calló.

—Érase una vez un país —añadió la niña.

—Érase una vez un país...

En ese instante, una sombra producida por alguna actividad procedente de la calle atravesó la pared.

—Érase una vez un país —repitió Julio— en el que había menos sombras que personas.

—¿Por qué?

—Porque la mitad de la gente nacía sin sombra.

—¿Y cómo era la gente sin sombra?

—Atolondrada.

—¿Qué quiere decir atolondrada?

—Que pensaban poco las cosas.

—¿Qué cosas?

—Todas las cosas. Se pillaban los dedos con las puertas; se caían por las escaleras; se cortaban con las tijeras; se quemaban con la sopa; se atragantaban con la comida; se dejaban los grifos abiertos y los cordones de los zapatos desatados...

—¿Se hacían pis en la cama?

—También.

—¿Sabían leer?

—Mal.

—¿Y qué pasó?

—Que el Gobierno de ese país decidió dividir por la mitad las sombras existentes y repartirlas entre los ciudadanos para que todos tuvieran al menos media sombra.

—¿Y dejaron de pillarse los dedos con las puertas?

—Se los pillaban, pero menos.

—¿Tú te has pillado alguna vez los dedos?

—Una vez, de pequeño.

—Yo no.

—Muy bien, ahora cierra los ojos.

—¿Pero qué pasó luego?

Julio estaba sorprendido. Sabía lo que había ocurrido en aquel país antes de que la niña se lo preguntara, como si estuviera en la lógica del relato lo mismo que en la lógica de un óvulo hay un cuerpo con un número determinado de manos, de ojos, de uñas...

—Bueno, la gente iba por la calle con la media sombra que le había tocado, pues se adjudicaban por sorteo. Pero un día, dos personas recorrían un parque, seguidas cada una de su media sombra, cuando algo las impulsó a detenerse. Al mirar al suelo, hacia aquello que las había obligado a pararse, se dieron cuenta de que sus medias sombras eran las dos mitades de una sombra original que ahora, al reencontrarse casualmente, ya no estaban dispuestas a separarse otra vez. Dio la coincidencia de que los propietarios de aquellas dos mitades eran un hombre y una mujer solteros, por lo que se casaron y dispusieron de aquella sombra unida en régimen de bienes gananciales.

—¿Qué significa bienes gananciales?

—Que lo que es de uno es también del otro.

—¿Y qué más pasó? —preguntó Julia bostezando.

—Pues que a partir de ese momento todas las medias sombras existentes en el país comenzaron a buscar a su otra mitad arrastrando a las personas de un lado a otro en esa búsqueda. El afán de las sombras por encontrar la otra parte de sí mismas era tal que mandaban más que las personas. Las sombras dominaban los movimientos de todo el mundo. Y cuando dos medias sombras, que originalmente habían sido una, volvían a encontrarse, sus propietarios no tenían más remedio que irse a vivir juntos: tal era el poder de las sombras... —Julio advirtió que la niña se había dormido, pero continuó contando el cuento más para él que para ella. Necesitaba saber qué más pasaba en aquel país—: Continuamente se deshacían unos matrimonios y se construían otros no en función del interés de los cuerpos, sino del de las sombras. Cuando las parejas se divorciaban, el marido y la mujer luchaban por obtener una porción de sombra más grande que el otro. Las peleas eran brutales. Al final, la gente no se casaba por amor, sino por la sombra. Los matrimonios los decidían las sombras, mientras que las personas pasaron a ser un mero apéndice de ellas. Gobernaban el país las sombras de los políticos, mientras que las sombras de los profesores daban, en los colegios, clase a las sombras de los alumnos. Las sombras de los policías perseguían a las sombras de los delincuentes, que eran juzgados por las sombras de los jueces. Las sombras de los médicos curaban a las sombras de los enfermos. En los mercados, se vendían sombras de carne y sombras de pescado y sombras de pan a las sombras de los clientes. Como a las sombras les gusta la oscuridad, poco a poco se fueron prohibiendo en aquel país todas las manifestaciones de la luz. Primero las bombillas; luego las velas; más tarde la propia luz del sol. Aquel lugar se convirtió en una sombra gigantesca en cuyo interior, si removías mucho con un palo, encontrabas a las personas como en un potaje aguado encuentras los garbanzos.

Julio se había ido exaltando a medida que hablaba, pero solo fue consciente de ello al llegar al final. Estaba excitado, como un orador que hubiera pronunciado, con éxito, el mejor discurso de su vida. La respiración de la niña era pausada. Le tomó con cuidado una mano y luego la dejó caer para comprobar su grado de relajación. La habitación tenía, además de la cama, una mesa de trabajo y una pequeña estantería con libros a cuyos lomos echó un vistazo a la luz de una lámpara de pie, cubierta por un pergamino, que daba una luz muy tenue. Le llamó la atención un volumen de tapas rojas titulado *Manual de información médica para el hogar*, en cuyo índice analítico buscó el término coma. Venía dentro de un capítulo titulado «Estupor y coma». Apenas había comenzado a leer el apartado correspondiente al estupor, cuando su teléfono móvil emitió un par de pitidos. Tenía un mensaje que abrió y leyó. Decía así: «Quiero que nos separemos. Es una decisión meditada, sin vuelta atrás. Laura». Julio lo leyó una, dos, tres, cuatro veces. Cuando iba a leerlo una vez más, se abrió con sigilo la puerta de la habitación y apareció Amanda.

—¿Qué pasa? —preguntó en voz baja.

—Nada, ya se ha dormido —respondió Julio en el mismo tono, escondiendo el teléfono móvil.

Amanda llegó de puntillas hasta donde se encontraba Julio y vio por encima del hombro lo que estaba leyendo.

—El estupor y el coma —dijo—, qué animado.

—Es que un amigo ha tenido un accidente y está en coma, pero no sé exactamente en qué consiste.

—Es como hibernar. ¿Quién se lo financia?

—¿El qué?

—El coma. Es más caro que unas vacaciones en el Caribe.

—Su padre, que es embajador.

—Hay gente con suerte.

Julio cerró el libro.

—Parece que te has quedado estupefacto leyendo el estupor —bromeó Amanda.

—No es eso.

—Habla más bajo.

—No es eso —repitió Julio en voz baja.

—Entonces qué es.

Julio titubeó unos instantes, al cabo de los cuales sacó el móvil, abrió el mensaje de Laura y se lo mostró a Amanda.

—Pues ha elegido el mejor día del año para decírtelo, se ve que es una mujer con tacto.

—Sí —respondió Julio.

—¿Quieres llorar o algo?

—No.

—Venía a buscarte para jugar al Monopoly. Ya lo tenemos todo preparado.

—No digas nada a mi padre ni a tu madre.

—De acuerdo.

Julio y Amanda abandonaron la habitación y regresaron al salón, donde Luisa acababa de encender un canuto que Julio aceptó en esta ocasión y al que dio una calada tímida. Habían desplegado el juego sobre la misma mesa en la que acababan de cenar. Mientras recordaban las reglas, el canuto dio un par de vueltas alrededor del grupo. A la tercera calada, Julio notó sus efectos en las sienes, que empezó a percibir como dos habitaciones enfrentadas. En una de esas habitaciones se encontraba él y en la otra también. Pero en una era él y en la otra su reflejo, o su sombra, aunque no encontró la manera de averiguar si la imagen real era la de la sien izquierda o la de la derecha. Las dos habitaciones estaban amuebladas con austeridad monacal. Imaginó una cama —un camastro más bien—, una mesa muy tosca y una silla de enea. Había también una ventana que daba al patio interior de la cabeza a través del cual se comunicaban las dos habitaciones, o las dos sienes. Comprendió de súbito por qué los suicidas se disparan en la sien para acabar consigo y llegó a la conclusión de que los diestros vivían en la sien del lado derecho de la cabeza (en tal caso, la imagen de la del lado izquierdo sería su reflejo), mientras que los zurdos habitaban en la del lado izquierdo. Disparar en la sien que no era equivalía a disparar contra un espejo.

Por un momento temió que estos pensamientos lo hubieran aislado excesivamente del grupo, pero al levantar la vista advirtió que todos estaban algo ensimismados, contando y ordenando el dinero de mentira con el que se jugaba al Monopoly, que consistía en hacerse rico comprando o vendiendo los inmuebles imaginarios por cuyas calles se deslizaban las fichas que representaban a los jugadores. Era preciso combinar la liquidez económica con la estrategia inversora, y se podían cobrar alquileres muy altos a los jugadores que caían en las propiedades de los otros. También se podían solicitar préstamos, aunque se devolvían con intereses muy elevados.

—¡Viva la especulación inmobiliaria! —gritó Amanda al adquirir un excelente edificio situado en una zona comercial muy cara.

Julio actuaba como un suicida, pero cuanto más arriesgadas eran sus operaciones, mayores beneficios obtenía. Su padre, que había comenzado a jugar de un modo algo conservador, le reprochó que invirtiera a lo loco, pero Julio le respondió con la evidencia de que iba ganando. Luego realizó un par de inversiones desastrosas que equilibraron la partida y enseguida comenzó a sacar ventaja sobre los demás el padre de Julio, que expresaba su satisfacción especuladora canturreando para sí *Te recuerdo, Amanda*, la canción de su época por la que la hija de Luisa se llamaba así. Cuando llevaban una hora y media de juego, Julio y su padre eran dos ricos terratenientes y Luisa y Amanda dos mujeres de clase media baja, pero ninguno de los dos hombres lograba derrotar al otro, pues ambos se recuperaban enseguida de los reveses económicos. Como el juego se alargara mucho, la euforia de la primera parte de la noche dio paso, de súbito, a una caída general en el estado de ánimo de los jugadores, que abandonaron la partida sin terminarla. Amanda decidió entonces que se quedaría a dormir en aquella casa, para no mover a la niña, y Julio se despidió. Ya en la puerta, su padre le dijo:

—Es una pena, tú y yo juntos podríamos haber montado un imperio empresarial dedicado a la construcción.

Julio abrió la puerta de su casa con el temor de que Laura estuviera esperándolo despierta, para «hablar». Pero la vivienda se encontraba a oscuras. Sin encender ninguna luz, evitando hacer ruidos, se dirigió al dormitorio, donde al entrar percibió el olor de su mujer y distinguió el bulto de su cuerpo sobre la cama. Se acostaría a su lado, se dormiría, y al día siguiente (¿acaso no era ya el día siguiente?) todo continuaría igual. Pero apenas había comenzado a bajarse la cremallera del mono cuando Laura le habló desde la cama.

—Quiero que te vayas ahora —dijo.

—¿Pero adónde voy a ir a estas horas? —preguntó Julio.

—No lo sé, a un hotel, a casa de tu padre, donde quieras, pero ni se te ocurra meterte en esta cama.

—¿Y mis cosas?

—Vienes a recogerlas cuando yo no esté o te las envío donde me digas.

Había en la voz de Laura, que se dirigía a él desde la oscuridad, una determinación que daba miedo, por lo que Julio abandonó sin decir nada la estancia. Cuando ya estaba en el pasillo, ella le llamó, esta vez desde la puerta del dormitorio.

—Las llaves —exigió extendiendo la mano. A Julio le pareció que tenía ojos de loca, boca de loca, pelos de loca.

—¿Qué llaves? —dijo.

—¿Cuáles van a ser? Las de casa.

Julio sacó las llaves del bolsillo, se las entregó y ella regresó al dormitorio mientras él se dirigía al vestíbulo, donde, tras recoger el casco, abrió la puerta, salió, y volvió a cerrarla tras de sí con la impresión del que cierra un libro que no ha entendido bien. Aturdido por la escena a la que acababa de asistir, entró en el ascensor, donde se le ocurrió la idea de refugiarse en la casa de Manuel, cuyas llaves, desde que se hiciera con ellas, guardaba como un talismán en el bolsillo del pantalón contrario a aquel en el que solía llevar las que hasta hacía un instante habían sido las suyas. Pero, decidido a hacer las cosas bien, salió a la calle, cogió la moto y la aparcó lejos del portal, donde Laura no la viera al salir. Luego volvió y, en vez de tomar el ascensor, cuyas vibraciones afectaban a todo el edificio, subió andando las escaleras, dirigiéndose esta vez al piso de Manuel, cuya puerta abrió con sigilo para colarse en ella como el que entra en un callejón.

Sin encender ninguna luz, con movimientos de funámbulo, para que ningún ruido se filtrara en la vivienda de al lado, llegó hasta el dormitorio de su vecino, donde se desnudó y se metió en la cama al mismo tiempo, pensó, que su fantasma, o su reflejo (quizá su sombra), se metía en la de la casa de al lado, junto a Laura. La dureza del colchón le extrañó y le gustó a la vez. Antes de cerrar los ojos, vio penetrar por la ventana la claridad con la que el amanecer del nuevo año iluminaba su existencia.

Durmió todo el día y le despertaron, al caer la tarde, unos ruidos procedentes de la casa vecina. Con los ojos cerrados, imaginó el deambular de Laura de un extremo a otro de la vivienda. Leía cada sonido producido por su mujer como si fueran las letras de un alfabeto que llenaba de frases el espacio. Ahora está en el pasillo; ahora en el salón; ahora recoge los cacharros; ahora carga la lavadora; la programa; se incorpora; mira a su alrededor; permanece indecisa... A veces, tenía que rellenar los silencios como en una página rota hay que sustituir las líneas desaparecidas o deducir su significado del conjunto. Ahora, qué hará ahora, qué hará mi fantasma en esa casa de la que ya había comenzado a desfamiliarizarme (¿se dirá así?) sin saberlo, antes de ser expulsado de ella.

Como el silencio se prolongara, Julio se levantó y fue pegando el oído en las paredes de las diferentes estancias sin escuchar nada. Luego, de golpe, comenzó a sonar una canción. Ni su mujer ni él habían sido particularmente aficionados a la música. Tenían discos, desde luego, y un aparato reproductor de una calidad media, pero apenas lo usaban. Imaginar a Laura disfrutando a solas de la música era como descubrir una mujer distinta, menos austera que aquella con la que había convivido. ¿Cerraría esa mujer la llave del gas antes de acostarse? ¿Comprobaría que el cerrojo de la puerta de entrada estaba echado? ¿Sabría cómo evitar el goteo de la cisterna del retrete cuando quedaba mal cerrada? ¿Se atrevería a desmontar un enchufe averiado, un grifo roto, una cerradura dañada? ¿Bajaría la basura con la regularidad precisa para evitar malos olores? ¿Quién se haría cargo, en fin, de todo aquello de lo que se había ocupado él cuando habitaba el otro lado del espejo, quizá el otro lado de sí mismo?

Pero ahora se encontraba en este, donde, a pesar de que había comenzado a anochecer, no se atrevía a encender ninguna luz, a hacer ningún ruido, por miedo a delatarse. Iba de un lado a otro con los movimientos de un fantasma, con las dudas de un espectro que acabara de adquirir tal condición. En esto, sonó su móvil desde el interior del bolsillo de la camisa. Lo descolgó apresuradamente. Era Amanda, la hija de la mujer de su padre (¿su hermanastra?), en cuya compañía había pasado la noche anterior.

—Hola —dijo la chica.

—Hola —respondió él.

—¿Por qué hablas en voz baja?

—Estoy un poco afónico.

—¿Hasta qué hora has dormido?

—Hasta hace un rato.

Cayó entonces en la cuenta de que era el uno de enero, así que el primer día del año coincidía con el primer día fuera de sí mismo. Amanda le llamaba para invitarle a tomar una copa en su casa.

—Mi hija te echa de menos, no sé qué le diste.

—Mañana tengo que trabajar —se excusó él.

—¿No dices que has dormido hasta hace un rato? Si te acuestas ahora no cogerás el sueño.

Julio hizo un cálculo contable que arrojó un saldo favorable a la propuesta de la joven. Le vendría bien airearse, salir, cansarse un poco. Por otra parte, le apetecía ver de nuevo a la niña, con la que había entablado, en efecto, un misterioso vínculo afectivo. Tomó nota de la dirección y dijo que llegaría en un rato. Después de colgar se dio cuenta de que llevaba casi dos días sin cambiarse de ropa. Su cuerpo olía a sudor. Se dirigió al cuarto de baño, encendió la luz (aquí podía hacerlo, puesto que no tenía ventanas) y tras cerciorarse, pegando de nuevo el oído a la pared, de que Laura no se encontraba en el cuarto de baño de la casa de al lado, se desnudó, abrió un poco el grifo del lavabo y comenzó a lavarse por partes humedeciendo la punta de una toalla. Le dio miedo utilizar la ducha, que era muy ruidosa. Después hizo uso del desodorante de Manuel y su colonia y luego, dejando encendida la luz del baño, salió al dormitorio, de cuyo armario tomó un juego de ropa interior y una camisa. Todo le estaba bien, incluso sorprendentemente bien, lo que le decidió a utilizar también unos vaqueros de su vecino.

Abandonó la vivienda tomando toda clase de precauciones, por miedo a que su salida coincidiera con la de algún vecino o con la de la propia Laura. Una vez en el descansillo, se lanzó precipitadamente escaleras abajo y no se sintió seguro hasta alcanzar la calle.

Amanda vivía lejos, en una urbanización de adosados modestos, adonde llegó enseguida, pues apenas había tráfico, a través de una de las vías de circunvalación de la ciudad. Ella le recibió muy arreglada, como para salir, lo que explicaba en parte la existencia del taxi, con las luces encendidas y el motor en marcha, detrás del que había aparcado la moto. Julio evaluó nada más entrar en la casa la calidad de la construcción, dándole un aprobado escaso. Los espacios, muy angostos (la planta de la casa, de dos alturas, no tendría más de treinta y cinco metros cuadrados), evocaban los de un decorado de comedia de situación. En el salón había una chimenea minúscula cuyo hogar estaba lleno de juguetes. La niña, sentada en el sofá, veía la televisión.

—¿Hace frío? —preguntó Amanda.

—Un poco —dijo él.

Amanda dijo que tenía que perdonarle, pero que al poco de que hablaran por teléfono había surgido un problema que la obligaba a ausentarse un rato.

—Me tengo que ir corriendo. La niña ha cenado y está bañada. Puedes meterla en la cama cuando quieras. El dormitorio está arriba. No dejes que vea mucho la televisión. Hay canutos hechos en una caja de latón que verás sobre la repisa de la chimenea. Ahí te he dejado también el número de mi móvil, por si pasa algo. Puedes comer, ver una película, oír música... En hora y media estoy de vuelta, perdona.

—¿Y si llora? —preguntó Julio, aterrado, dirigiendo una mirada a la niña, que había dejado de prestar atención a la pantalla para concentrarla en él.

—Es muy poco llorona —dijo saliendo.

Después de que Amanda desapareciera, Julio dio varios pasos en distintas direcciones sin saber qué hacer. Finalmente, se dirigió a Julia y le preguntó si se acordaba de él.

—Claro que me acuerdo —dijo la niña observando al adulto con una mirada neutra—. Me contaste el cuento de las sombras.

La naturalidad con la que le trataba la niña atenuó el primer movimiento de pánico. Revisó el salón con incomodidad ante el grado de desorden de la casa. Había sobre el radiador unas prendas interiores de Amanda cuyo encaje rozó disimuladamente con los dedos. Sobre la mesa vio una bandeja con migas de pan y el envase vacío de un yogur, con la cucharilla dentro. Al lado del televisor reposaban unas zapatillas muy gruesas de andar por casa que imitaban la cabeza de una serpiente. El suelo se encontraba cubierto de alfombras pequeñas y finas, por lo que la mayoría de ellas estaban arrugadas y fuera de lugar. Retirando unos cuentos infantiles abiertos de cualquier modo, se sentó en el sofá y tomó el mando a distancia de la televisión sin ninguna intención previa.

—Si quieres, puedes cambiar de canal —dijo la niña.

—Ah, gracias —respondió él, que empezó a zapear buscando algo imparcial, que no inquietara a la niña, pero que hiciera ruido, pues el silencio de la casa, sumado al de la urbanización, le resultaba un poco siniestro.

Eligió una serie con risas enlatadas a la que fingió prestar atención mientras intentaba tomar decisiones. La niña abandonó entonces el extremo del sofá en el que se encontraba y fue a sentarse junto a él, que le pasó instintivamente el brazo por los hombros, en un gesto de protección. Al percibir el calor del adulto, la niña se encogió con gusto proporcionando a Julio un placer desconocido. Entonces la atrajo un poco hacia sí viendo que la pequeña se dejaba hacer. Cuando los dos encontraron postura, Julio ya no se atrevió a moverse.

Al llegar el primer bloque de anuncios, la niña se había dormido. Julio tomó el mando a distancia y bajó un poco el volumen del televisor. Un padre de verdad, pensó, la llevaría en brazos a la cama. Como no conocía su habitación, ni las particularidades del recorrido, se incorporó con cuidado para no despertar a la niña y, dejándola en el sofá, fue a encender la luz de la escalera, por la que se dispuso a acceder al piso superior, oscuro y negro, a fin de explorarlo. Le pareció que un halo tenebroso descendía por las escaleras y se disolvía con la luz. Comprendió que estaba asustado no tanto por la responsabilidad de cuidar a la niña como por las sensaciones que la relación con ella le estaba provocando. La escalera carecía de caja; parecía un esquema. Los peldaños estaban sujetos por su parte central a una viga de hierro. El conjunto evocaba la columna vertebral de un pez. Colocó el pie con cuidado en la primera costilla, para comprobar si crujía demasiado, y luego fue ascendiendo a la zona más privada de la vivienda con la idea de encender todas las luces que marcaban el recorrido hasta el dormitorio infantil. Las escaleras terminaban en un distribuidor abierto a dos habitaciones enfrentadas y a un cuarto de baño cuya puerta se encontraba abierta. De las dos habitaciones, eligió al azar la de la derecha y acertó: era la de la niña. Se trataba de un dormitorio grande, pero destartalado, con las paredes llenas de pósteres con temas infantiles mal sujetos a la pared con chinchetas. Había un gran baúl de mimbre, lleno de juguetes, con la tapadera levantada, un pupitre pequeño y una cama sin hacer. Julio ordenó las sábanas, colocó bien la manta y recogió del suelo un par de muñecos que arrojó al interior del baúl de mimbre. Luego, dejando todas las luces encendidas, bajó a por la niña, que no había cambiado de postura. No había cogido nunca en brazos a una criatura, de modo que le sorprendió lo liviana que era. Más aún, gozaba de un peso inverso, pues cuando la tuvo junto a su pecho sintió que, más que andar, flotaba por el salón y por las escaleras. Solo tras depositarla en la cama volvió a sentir sobre su cuerpo la acción de la fuerza de la gravedad, que regresó mientras la observaba, casi decepcionado de que no se despertara y le pidiera un cuento antes de dormirse otra vez. Aunque se encontraba allí, al alcance de su mano, la niña había caído en las profundidades de un sueño del que parecía imposible rescatarla.

Al cabo, tras unos instantes, apagó la luz, abandonó el dormitorio y dejando la puerta entreabierta, por si se despertaba, entró en la habitación de enfrente, la de Amanda, que tenía incorporado un baño propio, sin ventilación directa, aunque sorprendentemente grande en relación a las dimensiones de la casa. Sobre la cama, también sin hacer, había toda clase de prendas, como si se las hubiera estado probando antes de decidir con cuál salir. El armario, cuyo marco de madera, muy ancho, imitaba el de una pintura, carecía de puertas. Abrió uno a uno todos los cajones hasta que dio con el de la ropa interior, donde encontró la lencería que habría esperado encontrar en el de una prostituta. Cuando extendió los dedos para acariciar aquellos tejidos, le pareció que se comportaban como una masa de espuma de colores.

En las paredes del cuarto de baño quedaban aún restos de la condensación del vapor de la ducha, recientemente utilizada. Se asomó a la bañera con las precauciones con las que se habría asomado a sí mismo (quizá se trataba de eso), y luego comprobó la humedad de las toallas recién usadas empapándose de aquella domesticidad sorprendentemente extraña, puesto que era idéntica a la de cualquiera.

Cuando la excitación o el miedo alcanzaron un grado insoportable, bajó las escaleras y se sentó absurdamente frente a la televisión, donde pasaban otro bloque de anuncios. Mientras prestaba una atención mecánica a las imágenes, subía y bajaba por el interior de sí mismo, como por el interior de una casa, y lo que veía en cada una de las dependencias de sí a las que accedía le resultaba simultáneamente cercano y remoto. La paternidad. Pensó en ella por primera vez un domingo por la tarde. Se encontraba en casa, con Laura. Ambos veían la televisión, una película, e intercambiaban comentarios corteses. Entonces se imaginó aquel infierno durante el resto de su vida. Vio cómo envejecían el uno frente al otro, cómo se les agotaban las palabras. Curiosamente, no se le ocurrió que podrían separarse, jamás eso estuvo en sus cálculos, pero se le ocurrió que podrían tener un hijo. Había pensado, pues, en él como en una suerte de liberación del matrimonio, pero ahora que había perdido el matrimonio (y de un modo sorprendentemente fácil), le parecía que el hijo tenía un valor propio. Imaginó que Julia era su hija; se vio llevándola al colegio, leyéndole cuentos, invitándola al cine. La imaginó de adolescente...

El regreso de Amanda lo arrancó de este ensueño en el que se había concentrado hasta el punto de olvidarse de dónde estaba y de cuál era su nueva situación existencial.

—Me he retrasado un poco. Creí que estaríais los dos dormidos —dijo.

—Yo no —respondió Julio.

Amanda iba tan arreglada como había salido, quizá con el pelo menos colocado y los labios menos rígidos. Miró a Julio y sonrió con gratitud.

—¿Te ha dado la lata?

—No.

—¿Qué has hecho?

—Pensar.

—Ahora me cuentas.

La mujer subió al piso de arriba. Durante los minutos siguientes, Julio la escuchó ir de un lado a otro. Resultaba imposible averiguar qué hacía con aquel ir y venir, pero los ruidos que producía eran los pensamientos de aquella casa. Y aquella casa pensaba de manera confusa. Más que ideas, producía obsesiones. El discurso terminó con una descarga de la cisterna que sonó en el salón como si los desagües estuvieran al descubierto. Al poco apareció de nuevo Amanda. Se había duchado y regresaba con un albornoz blanco un poco sucio y un poco viejo. Tomó un porro de la repisa de la chimenea, lo encendió y fue a sentarse al lado de Julio.

—¿Qué dices que pensabas?

—Nada, cosas de orden práctico. ¿A ti te ha ido bien?

—Sí —dijo Amanda ofreciéndole el porro, que él rechazó.

—Se me ha hecho un poco tarde y mañana tengo mucho trabajo —se excusó Julio al rato de que permanecieran en silencio—. Si algún día necesitas ayuda con la niña, llámame.

Cuando estaba a punto de salir, sonó el móvil. Laura acababa de enviarle un mensaje: «Te dejo las llaves debajo del felpudo para que saques tus cosas de casa mañana por la mañana, mientras yo estoy en el trabajo. Vuelve a dejarlas debajo del felpudo».

—¿Algo grave? —preguntó Amanda.

—No, algo práctico.

Esa noche puso sábanas limpias y extrañó menos que la anterior la cama de su vecino, pero durmió peor. Manuel se le apareció en sueños un par de veces, reprochándole con la mirada que hubiera ocupado su cama. Por la mañana, a través del tabique, oyó el despertador de Laura y enseguida la escuchó levantarse, ir al baño, abrir y cerrar grifos o armarios, alcanzar la cocina... Comprendió entonces hasta qué punto su hogar había sido para Manuel una especie de escaparate sonoro a través del cual los había observado en silencio, como él mismo espiaba en este instante a su mujer. Cuando ella salió de casa, se levantó y se dio una ducha. El cuarto de baño de Manuel era previsible e insólito a la vez. Julio acercaba su mano a los mandos de la ducha, al jabón, a la esponja, como si fuera la primera vez en su vida que tocaba aquella clase de objetos. La limpieza de la bañera estaba algo descuidada y en la repisa había varios frascos vacíos. El jabón líquido tenía un olor diferente al que utilizaba él. Además del champú y del acondicionador, descubrió unas ampollas de cristal cuyo contenido, de acuerdo con el prospecto, fortalecía la raíz del cabello y retrasaba su caída. No dejó nada por usar. Al salir de la bañera y contemplarse en el espejo, vio que su pelo adoptaba, gracias a aquellos productos exclusivos, las formas casuales que había envidiado siempre en el de su vecino.

Manuel se afeitaba con una máquina de cuchillas y espuma, novedad de la que Julio disfrutó y que su rostro agradeció al quedarse más fresco y despierto, más receptivo a los estímulos del aire que con la maquinilla eléctrica que utilizaba él. En cuanto a la colonia, cuyo olor le era familiar porque formaba parte de la identidad de Manuel, la usó con prevención, casi con miedo, pues no conocía las cantidades que convenía emplear para provocar unos resultados tan sutiles como los que lograba su vecino, que solía criticar a las personas demasiado perfumadas. Decía que la colonia y el veneno se parecían en que sus efectos podían ser curativos o mortales en función de la dosis. Lo había dicho por Julio, que solo utilizaba colonias de baño, pero en grandes cantidades. Antes de abandonar el cuarto de baño, limpió la bañera. Lo hizo con la esponja y el jabón líquido sabiendo que no era ese el modo, pero no encontró otros productos más adecuados.

De regreso al dormitorio, al abrir los cajones del armario, le sorprendió la variedad de colores de la ropa interior, y de los calcetines. Para Julio, los calzoncillos eran por definición blancos, y los calcetines negros. Todos los demás colores, aplicados a esas prendas, le parecían frívolos. Se puso sin embargo unos calzoncillos granates que combinaban con unos calcetines del mismo color. Eligió unos pantalones negros y una camisa blanca que a su vecino le caían muy bien. Sobre la camisa, se colocó una chaqueta azul, de un tejido muy fino. Manuel, a excepción del abrigo, no utilizaba ropa de invierno, quizá la consideraba grosera. Se probó también unos zapatos de ante con cámara de aire que le resultaron sorprendentemente cómodos y ligeros, como una segunda piel, se dijo, sabiendo que tomaba la expresión del mundo de la publicidad. Al fin, se miró en el espejo y se gustó. Le pareció asombroso que la ropa influyera de aquella manera en el estado de ánimo, pues lo cierto es que flotaba literalmente al recorrer el pasillo.

Laura, tal como le había anunciado en el mensaje, había dejado debajo del felpudo un juego de llaves que Julio tomó para entrar en la que hasta hacía unas horas había sido su casa. Enseguida notó que ya era un extraño en ella. Se movía por el pasillo como un intruso y se asomaba a sus habitaciones como un merodeador. En el dormitorio abrió primero los cajones de su mujer para contemplar sus prendas interiores (que comparó con las de Amanda) como un mirón. Laura no había hecho la cama y se había dejado entre las sábanas, como era habitual en ella, unas bragas sucias que se llevó al rostro, para olerlas, sorprendiéndose de que el tacto y el olor de la prenda le excitaran como si perteneciera a otra mujer. Tras abandonarlas en la misma posición en que las había encontrado, empezó a recoger su propia ropa con la impresión de que estaba hecha, si la comparaba con la de Manuel, de unos tejidos inclementes, austeros... Le pareció también la ropa de un muerto, de modo que vació el armario con el espíritu sobrecogido, como si vaciara una fosa antigua para llevar los restos al osario común. Las prendas iban cayendo sobre la cama con un aire luctuoso, fúnebre. Cuando el armario se quedó vacío, se asomó a él y le pareció que olía a sepulcro.

Una vez recogida la ropa, decidió desayunar en esa casa, pues en la de Manuel no había encontrado nada que no estuviera pasado de fecha. También aquí, los objetos domésticos, que hasta hacía poco le habían sido tan familiares, se le revelaron con un punto de extrañeza. El solo hecho de llevarse una taza a los labios implicaba una transgresión, porque ya no eran suyas las tazas ni los vasos ni los tenedores, o lo eran, en todo caso, de su fantasma. Sugestionado por aquella idea, se bebió el café y se tomó las galletas como lo habría hecho un espectro. Era el espectro de sí mismo, aunque con las ropas de Manuel. Al terminar, fregó los cacharros que había utilizado y los colocó en su sitio. Luego, sin abandonar su condición espectral, cogió su ropa y la trasladó al piso de al lado. Lo mismo hizo con el ordenador y con los libros que consultaba más a menudo. Se dio cuenta de que en todos aquellos años había reunido muy pocas cosas que pudiera considerar suyas. Y la mitad de ellas no le interesaban.

Antes de abandonar definitivamente su casa, dudó si escribir una nota para Laura, pero no encontró qué decirle, así que dejó de nuevo las llaves debajo del felpudo y se despidió de sí mismo con un adiós pronunciado en voz baja.

Entre tanto, se le había hecho la hora de acudir a la cita con el carpintero elegido para realizar los decorados de la película. Pero no le apetecía ir en moto. Había percibido también en su atuendo de motorista cierto aire de piel muerta, como si perteneciera a un animal que hubiera hecho la muda. Su nueva forma de vestir y la moto eran incompatibles, de modo que buscó un abrigo largo y ligero que Manuel se ponía los días de mucho frío y salió con él a la calle. El abrigo, que siempre había mirado con envidia, completó la metamorfosis comenzada esa mañana, al despertar. Caminaba como si fuese otro, o como si estuviese habitado por otro que gobernara los movimientos de su cuerpo con la destreza de un piloto experto. No tenía que hacer ningún esfuerzo para levantar los pies del suelo ni para mover los brazos, ni para girar la cabeza, porque había alguien que se ocupaba de esas cuestiones de orden práctico. Y cuando abriera la boca —pensó— saldrían de ella las palabras precisas porque ese otro le dictaría también lo que tenía que decir. En esto, pasó por delante de la moto, que había amarrado a un farol, lejos de casa, en una calle por la que era muy improbable que pasara Laura, y comprobó con indiferencia que le habían arrancado uno de los espejos retrovisores.

El carpintero, con el que Julio había trabajado en otras ocasiones, poseía una nave sorprendentemente céntrica, pese al precio del suelo. Aunque era un hombre joven, aplicaba a su trabajo usanzas tradicionales, incluso antiguas, muy apreciadas por los clientes. Reinaba sobre diez o doce operarios a los que exigía un conocimiento de la profesión que ya no era habitual. Ahora, mientras atendía a Julio, repasaba con la yema de los dedos los pliegues de una moldura, en busca de una imperfección que no halló. Había estudiado los planos que le había hecho llegar Julio y tenía anotadas las principales objeciones, ninguna de las cuales resultaba insalvable. Todas las paredes de la casa deberían ser móviles, para permitir a las cámaras rodar desde cualquier ángulo. Era vital que los desplazamientos de los tabiques se pudieran realizar en cuestión de minutos, para evitar los tiempos muertos. El carpintero le tranquilizó respecto a los ruidos: había decidido reforzar las zonas por las que se moverían los actores con una resina sintética que amortiguaba los golpes y absorbía los sonidos. Le mostró una bola de aquella resina que Julio pasó de una mano a otra sorprendido por el contraste entre su volumen y su peso.

—No pesa nada —dijo.

—Es muy porosa —respondió el carpintero.

Al despedirlo, en la puerta, el carpintero le preguntó por la moto. Era evidente que la pregunta ocultaba una interrogación más general, referida a su nueva imagen. Julio se limitó a responder que hacía mucho frío para esa clase de vehículo.

Desde la carpintería se dirigió a las oficinas de la productora. Como iba bien de hora, decidió caminar, buscando las aceras en las que daba el sol. El abrigo de Manuel estaba hecho de un tejido muy ligero y flexible. Nunca, con ninguna otra ropa, había tenido aquella sensación de libertad. Era como ir abrigado y desnudo al mismo tiempo. Al poco, empezó a fantasear con la idea de levantar una industria dedicada exclusivamente a la construcción de decorados para el cine y la televisión. Se preguntó por el precio de una nave en el extrarradio. Laura y él, pese a estar pagando la hipoteca del piso, habían ahorrado un dinero del que tarde o temprano tendrían que hablar. Calculó su parte. Quizá le bastaría para dar una entrada. ¿Le concederían un préstamo para adquirir el resto? Su padre era un experto en negociar préstamos. Podría hablarlo con él, incluso intentar captarle como socio. En su cabeza se sucedieron un conjunto de fotogramas en los que se veía trabajando junto a su padre, que podía llevar la parte comercial, mientras él se ocupaba de la realización de los trabajos. Imaginó que recuperaba la relación con él, que comían juntos los domingos, con Luisa, con Amanda y con la niña, como una familia. Se vio ocupándose de la educación de Julia, haciéndole regalos, quizá yendo a buscarla al colegio...

En uno de los pasillos de la productora tropezó con Elsa, la directora de sonido, a la que tranquilizó respecto a los ruidos del decorado.

—Hemos encontrado una solución muy novedosa —dijo.

Elsa intentaba disimular la sorpresa producida por la indumentaria de Julio, pero no hacía más que mirarle de arriba abajo, lo que le molestó. Habría preferido que no se hubiera dado cuenta del cambio, o que lo hubiera aceptado con naturalidad. En ese mismo instante comprendió que Elsa pertenecía a una vida anterior a esta en la que se acababa de instalar él involuntariamente. La mujer vestía con austeridad, cuando no con descuido. Trató de imaginar su ropa interior y al compararla con la que se había puesto él ese día comprendió que pertenecían ya a universos diferentes.

El jefe de producción aprobó las mejoras que Julio le relató respecto al decorado, pero insistió en que no deberían influir en el presupuesto.

—Ese carpintero tuyo —añadió— es muy bueno, pero al final siempre se desvía.

—No hay problema —respondió Julio con una autoridad que, como la ropa que llevaba, parecía de otro.

Al salir de la productora, tomó un taxi y fue al hospital para visitar a Manuel. Hacía meses que no cogía un taxi. Los tenía asociados a situaciones de emergencia. En más de una ocasión, le había reprochado a su vecino que utilizara tanto este medio. Un día llegó a hacerle los cálculos de lo que podría ahorrar al año si usara el autobús o el metro, o si se comprara una moto. Recordaba el gesto risueño e irónico de Manuel observando aquella contabilidad que sin duda le parecía un poco miserable. Tras dar la dirección al taxista, comprendió que se dirigía al hospital para comprobar que su amigo continuaba en coma, pues temía que despertara ahora y tuviera que devolverle el piso, las ropas, las actitudes, quizá la vida.

En recepción le dijeron que lo estaban aseando, por lo que tendría que esperar. Se quitó el abrigo, lo colgó del brazo, como le había visto hacer al padre de Manuel, y paseó de un lado a otro con expresión concentrada. Percibía su cuerpo desnudo en el interior de las prendas de su vecino con una agudeza sorprendente. Comprendió que había tejidos que negaban la existencia del cuerpo y tejidos que, por el contrario, daban testimonio de él. Le pareció mentira no haberlo descubierto antes siendo decorador y recordó algunas ironías de Manuel, como la del tresillo. Tenéis tresillo. Le vinieron también a la memoria algunas discusiones en las que su amigo le había reprochado no interesarse por la moda, que era, según él, un aspecto más de la decoración. Manuel le había hecho sentirse frecuentemente como alguien que hubiera logrado hacerse pasar por decorador sin serlo. Y en lo más profundo le daba la razón, pues fuera de los trabajos para el cine, donde quizá se apreciaban más sus habilidades de obrero manual que de artista, era un decorador convencional para gente convencional. Es cierto que sabía vender el gusto reinante porque poseía un discurso sugestivo acerca de él, pero jamás había creado nada original. Su propio modo de vestir (vaqueros, jerséis, botas), que evocaba un estilo casual o descuidado al que recurría el pelotón de los torpes de la profesión, constituía una declaración de impotencia, como la moto y los monos de motorista, que desde alguna perspectiva podrían resultar patéticos. Pero todo el mundo tenía insuficiencias (recordó los libros falsos de la consulta del ginecólogo). El propio Manuel era un autor sin obra.

Casi como si llevara incorporado dentro de sí un Manuel, respondió mentalmente a esta objeción:

—Se puede ser escritor sin escribir, pero no se puede ser decorador sin decorar. De hecho, el escritor más puro es el que no escribe.

No supo explicar por qué el escritor más puro era el que no escribía, pero intuyó que era así. Seguramente la historia estaba llena de grandes escritores cuya reputación reposaba en gran medida en el hecho de no haber escrito, o de haber dejado de hacerlo. Pero no imaginó la existencia de grandes decoradores que no hubieran decorado.

Le sorprendió la facilidad con la que adoptaba las costumbres o los puntos de vista de Manuel y recordó un artículo de psicología, leído en una revista de decoración, según el cual un modo muy frecuente de aliviar el duelo por la pérdida de un ser querido consistía en convertirse de un modo u otro en la persona desaparecida. Se adquirían sus rutinas, sus hábitos, sus rarezas y de este modo el difunto continuaba viviendo en los deudos. Pero junto a esta reflexión tranquilizadora, se le ocurrió también la idea de que Manuel lo estuviera utilizando para vivir a través de él. Por eso había ocupado su piso y se había puesto sus ropas y adoptaba ahora sus puntos de vista...

Cuando la enfermera le permitió pasar, y tras informarse de que no se apreciaba en su estado ningún progreso, se sentó en una silla que había junto a la cabecera y se preguntó qué habría visto Manuel en Laura y en él mismo para buscar su compañía con aquella asiduidad. Pero esta vez no encontró ninguna respuesta, ni desde su propia percepción de las cosas, ni desde la de Manuel.

Dedicó los días que siguieron a perfeccionar sus rutinas. Aprendió a moverse por la casa de Manuel como un fantasma, para que nadie percibiera que estaba habitada, y fue poco a poco poniéndola al día desde el punto de vista de la limpieza, pues había encontrado suciedad por todos los rincones. Encontró placer en ordenar los libros (aunque no era un lector, siempre había imaginado la vida con una biblioteca), y en repasar los azulejos de la cocina y del cuarto de baño, cuya limpieza exigía una disponibilidad absorbente, pero silenciosa. Mientras los frotaba, se perdía en ensoñaciones que no lograba con ninguna otra actividad. Lavaba la ropa a mano, por miedo al ruido de la lavadora, y la tendía en la barra de la cortina del cuarto de baño. No solía comer en casa, pero desayunaba y cenaba, lo que le obligaba a hacer acopio de algunas provisiones. Casi sin darse cuenta, como para no desentonar, había adquirido algunos de los hábitos gastronómicos de Manuel. De vez en cuando, con cierto remordimiento de conciencia, abría una de sus botellas de vino. Tendría unas sesenta, ordenadas en el armario del estudio con un criterio que Julio no logró entender.

Bajaba la basura a diario, pero no la ponía junto a la del resto de los vecinos, sino que se la llevaba lejos y la abandonaba en una papelera de la calle. En estos viajes, se acercaba siempre a ver la moto, cuyo deterioro progresaba a buen ritmo. Le habían arrancado el otro espejo retrovisor, además del parabrisas y la rueda de delante. Se mantenía en pie de un modo algo turbador, con la horquilla desnuda, como un insecto herido. Para Julio, resultaba extraordinaria la indiferencia con la que asistía a aquel espectáculo que unas semanas antes le habría resultado insoportable.

En los tiempos muertos, se asomaba al patio interior que comunicaba los cuartos de trabajo de las dos viviendas y observaba la ropa de Laura puesta a secar. Había renovado la lencería y se había comprado un par de blusas. Cuando se hacía de noche, protegido por la oscuridad, acechaba el que había sido su hogar. Si la puerta del estudio estaba abierta, observaba los movimientos de la sombra de su mujer. A veces, Laura entraba en la habitación y se demoraba en ella. Estaba vaciándola, como si quisiera dedicarla a algo que Julio no lograba adivinar. En ocasiones, la mujer se acercaba a la ventana y se quedaba un rato observando la de Manuel. A Julio se le cortaba la respiración, pero sabía que su presencia, entre las tinieblas, era la de un fantasma. No había ningún peligro de que le descubriera.

Un día, por la mañana, sabiendo que Laura se encontraba en el trabajo, y tras comprobar que las ventanas de los demás pisos estaban cerradas, se asomó al patio y tiró del tendal hasta tener a mano un par de piezas de la ropa interior de su mujer, que descolgó con sigilo. Se trataba de un sujetador y un tanga, ambos recién estrenados, y que poseían la hostilidad de lo nuevo. Se encontraba observándolos cuando le sobresaltaron un par de pitidos del móvil. Era un mensaje de Amanda. Le decía que lo invitaba a comer y le pedía que se ocupara un par de horas de su hija. Tras leerlo, Julio volvió a colocar las prendas íntimas en el tendal, las deslizó hasta su posición anterior y cerró la ventana con cuidado. Luego telefoneó a Amanda para confirmarle que se haría cargo de la niña. Eran las doce del mediodía.

Llegó a casa de Amanda a la una y media. Pese a que ella solo le había visto en un par de ocasiones, una de ellas vestido ya con prendas de Manuel, percibió algo nuevo en él.

—Estás cambiado —dijo.

—Me he cortado el pelo —respondió él.

—No es eso.

—He dejado la moto.

—¿Es una decisión importante dejar la moto?

—Sí.

Habían pasado al salón, que conservaba el mismo grado de desorden de la vez anterior, como si alguien cuidara de que no fuera a más, pero también de que no fuera a menos. La niña se acercó voluntariamente a darle un beso.

—No he ido al colegio porque estoy enferma —dijo.

—Nada, es un catarro, pero por la mañana tenía unas décimas. Acaba de comer —dijo Amanda—. Conviene que duerma un poco la siesta. Si no, luego se pone imposible.

Se sentaron en los extremos del sofá, observándose de un modo distinto al de las ocasiones anteriores, como si cada uno calculara sus posibilidades en relación al otro.

—Te queda mejor así, corto —dijo ella.

—El qué.

—El pelo, qué va a ser.

—Ah, es más cómodo, te lo lavas y listo. Ni secador ni nada.

Dijo esto observando la toalla que Amanda llevaba en la cabeza, a modo de turbante.

—Me lo acabo de lavar. Iba a secármelo. Por eso estoy en albornoz.

—¿Por qué no te lo dejas corto?

—A los hombres les gustan las melenas. Bueno, a los hombres les gusta cualquier cosa, pero la mujer que llevan dentro de la cabeza tiene melena.

Había sobre el cenicero de la mesa un canuto apagado por la mitad que tomó y encendió de nuevo, inclinando mucho la cabeza hacia un lado, para no quemarse con la llama del mechero. Tras dar una calada, se lo ofreció a Julio.

—Ahora no —dijo él.

—Pues yo —añadió ella cambiando de conversación— imagino la moto como una prótesis.

—¿Una prótesis?

—Sí, y en el sentido literal de la palabra, es decir, algo que se utiliza para reparar la falta de un órgano.

Como Julio la mirara con expresión interrogante, añadió enseguida:

—Lo que no sabemos es qué órgano reparabas tú con la moto.

La frase, por el tono, llevaba una carga de intención sexual que celebraron con unas risas.

Amanda aplastó la colilla del canuto contra la superficie del cenicero y añadió:

—Yo empecé a estudiar sociología, aunque luego lo dejé. Mi madre cree que he acabado. El caso es que un día vino a la facultad un tipo muy famoso que nos dio una conferencia sobre las prótesis psíquicas.

—¿Prótesis psíquicas?

—Sí, inmateriales, que no se ven, pero que actúan. Por ejemplo, es muy probable que mi hija, al no tener padre, desarrolle un padre interior, un padre invisible, una prótesis de padre que sustituya la ausencia del real. Por lo visto, todos tenemos alguna prótesis de esta naturaleza porque en las sociedades desarrolladas el cuerpo psíquico está más mutilado que el físico. Si pudiéramos ver el cuerpo psíquico con la facilidad que vemos el físico nos quedaríamos espantados. Lo tenemos hecho polvo. Eso dijo aquel tipo. No recuerdo cómo se llamaba.

—¿En las prótesis psíquicas también hay calidades? Quiero decir, del mismo modo que una mano artificial puede ser de acero o de titanio... El titanio es carísimo.

—Supongo que sí, depende de los materiales culturales de que disponga uno. Yo espero que mi hija se haga un padre de titanio porque le voy a dar estudios.

Los dos se echaron a reír por la salida de Amanda, que añadió enseguida:

—Vaya conversación.

—Desde luego.

La mujer miró el reloj y puso cara de asombro.

—¿A qué hora te tienes que ir? —preguntó Julio.

—Ahora, dentro de un rato.

—¿Pero no me habías invitado a comer?

—Sí, pero no conmigo. Puedes prepararte cualquier cosa.

Ella se levantó apresuradamente y subió al piso de arriba. Julio permaneció sentado en el sofá, observando a la niña, que jugaba con una muñeca. Tenía hambre, pero decidió esperar a quedarse solo, con la cría. Amanda no tardó en bajar. Llevaba, pese a la hora, lo que a él le pareció un vestido de noche y se había secado la melena con las puntas hacia fuera, dando impresión de desorden.

—Vas a tener frío con ese vestido.

—Ahora me pongo el abrigo. A donde voy hace calor.

En ese momento llegó el taxi encargado de recogerla y se despidieron. Ya en la puerta, Amanda se volvió para añadir:

—Si consigues que Julia duerma la siesta y a las cinco no he vuelto, despiértala. Si no, me da la noche.

Cuando salió, Julio se dirigió a la cocina seguido por la niña. En la nevera, a simple vista, había huevos, leche, yogures, quesos y algunas verduras un poco tristes. Julia le descubrió, en la parte de abajo, una pizza pálida, de aspecto crudo, envasada al vacío.

—Solo tienes que ponerla cuatro minutos al microondas —dijo.

Julio sacó la pizza del envase, leyó las instrucciones y la introdujo en el horno. Luego la compartió con la niña, que aseguró, pese a haber comido, tener hambre. Mientras comían, observó el estado de suciedad de la cocina. La pila estaba llena de cacharros y en el suelo, alrededor del cubo de la basura, colmado hasta los bordes, había restos de frutas y un par de tapas de yogures. Si Julia se durmiera, pensó, podría aliviar un poco aquel desastre.

—¿Vas a dormir la siesta? —preguntó.

—Si me cuentas un cuento...

—Ya te conté uno el otro día.

—Pues me cuentas otro del mismo país.

—Es que no sé qué más pasaba en aquel país.

—¿No sabes si las muñecas nacían con sombra o sin sombra?

Julio meditó unos instantes. Finalmente dijo:

—Una vez salió de la fábrica una muñeca sin sombra.

—¿Por qué?

—Por un error en el proceso de producción.

—¿Qué es el proceso de producción?

—El conjunto de fases por el que pasa la construcción de una muñeca.

—Bueno, sigue.

—Primero te metes en la cama.

—La siesta la duermo siempre en el sofá.

—Entonces, vamos al sofá.

Julio tomó a la niña de la mano y la condujo al sofá del salón, donde se acomodó. Luego se sentó a su lado y continuó:

—La muñeca sin sombra fue a parar a manos de una niña muy caprichosa que no hacía más que protestar por aquel defecto. Sus padres, que por no oírla le daban todo lo que pedía, buscaron una sombra de muñeca, pero en aquel país no había tiendas de sombras de muñecas. Un día, al salir de su despacho, el padre vio que la mujer de la limpieza se había llevado a su hija al trabajo. «¿Y eso?», preguntó muy enfadado. «Es que no tenía con quién dejarla, señor», se disculpó la mujer. La pequeña estaba de pie, chupándose el dedo. Era de noche y la luz de la oficina proyectaba la sombra de la niña sobre la pared. El hombre se dio cuenta de que la sombra tenía el tamaño de la muñeca de su hija, de modo que se la robó y apagó la luz, para que ni ella ni la madre la echaran en falta.

—¿Y qué más? —preguntó Julia al ver que Julio se callaba.

—Cierra los ojos. Así. Bueno, pues llevó la sombra de la niña a su casa y se la colocó a la muñeca. Como la sombra era de una persona viva, se movía aunque la muñeca estuviera quieta. Para justificar aquella rareza, el padre dijo que se trataba de una sombra muy cara, que había pedido al extranjero, pues en su país no las había. Al poco, la muñeca de aquella niña empezó a toser, como si fuera una niña de verdad. Un día vomitó, como una persona. Luego tuvo fiebre y tras pasar unos días horribles se murió. En el momento mismo en el que la muñeca se murió, la sombra salió de la casa y no volvieron a saber nada de ella ni de la señora de la limpieza, que dejó el trabajo.

En este punto, Julio se calló. La niña movió los labios como si intentara añadir algo, pero el sueño pudo más que su deseo de continuar despierta.

Julio regresó entonces a la cocina, se puso un delantal que encontró detrás de la puerta y comenzó a ordenarlo todo. Empezó por los cacharros de la pila, algunos de los cuales debían de llevar allí tres o cuatro días, pues tenían adheridos restos de comida a las paredes. Tras los cacharros, le tocó el turno a la encimera y a los quemadores de la cocina. Los azulejos necesitaban un repaso, pero calculó que llevaría demasiado tiempo y había que ordenar un poco el salón, de modo que se limitó a cambiar la bolsa de la basura del cubo y a pasar la fregona.

De vuelta al salón, recogió los cojines distribuidos por el suelo y los colocó en un extremo del sofá, a los pies de Julia, cuyos juguetes reunió también en una esquina de la habitación. Después colocó las sillas alrededor de una mesa de madera situada en uno de los extremos. También desplazó el mueble con ruedas sobre el que estaba el televisor, que se encontraba absurdamente alejado del sofá. El radiador de la calefacción estaba lleno de ropa de la niña que recogió, dobló con cuidado y colocó sobre una de las sillas. Pese a que la estancia presentaba mejor aspecto con aquellos simples cambios, comprendió que llevaría horas asearlo de acuerdo a sus patrones. Junto al sofá, por ejemplo, había migas de pan y un par de vasos sucios que recogió y llevó a la cocina. Luego, un poco desanimado, se hizo un hueco al lado de la niña y encendió el televisor con el mando a distancia, quitándole el sonido. Tras zapear un poco, lo dejó en cualquier canal, estiró las piernas y siguió hipnotizado por las imágenes. Desde que se instalara en casa de Manuel, había perdido el hábito de ver la televisión y ahora le provocaba extrañeza. Al poco, se quedó dormido y soñó que vivía de nuevo con Laura y que tenían un hijo que era en realidad Amanda. No había contradicción alguna en el hecho de que Amanda fuera adulta y mujer, además de bebé y varón. Julio se encontraba mostrándole a Laura cómo se cambiaba el pañal a un niño cuando entraba en escena Manuel, que preguntaba cómo se llamaba.

—Amanda —respondía Julio.

—Pero si es un niño —decía Manuel.

Julio se quedaba desconcertado y triste por la mirada de decepción de Laura. Sabía cambiar pañales, pero no conocía el sexo de su hijo.

Se despertó incómodo y miró el reloj. Pasaban de las cinco y Amanda no había vuelto. Despertó a la niña, que le pidió la merienda, por lo que fueron los dos a la cocina, donde Julia le indicó dónde se encontraba la leche, el cacao, las galletas...

—¿Sabes fregar? —preguntó la cría al observar la limpieza de la cocina.

—Claro —dijo él.

—Mi madre no, dice que fregar es un asunto de hombres.

—Es un asunto de seres humanos —añadió él.

Tras merendar, y como Julia se empeñara en comprobar que todos los objetos de la casa disponían de una sombra propia, Julio buscó y encontró una linterna cuyo haz de luz fue dirigiendo, una por una, a las cosas que le proponía la niña, comprobando que todas tenían una sombra en buen estado.

Cuando regresó Amanda, se encontraban revisando minuciosamente la sombra de una de las muñecas, en la que la niña creía haber descubierto una irregularidad. Se disculpó de forma mecánica por el retraso y subió a cambiarse de ropa y a ducharse. Regresó al poco, en albornoz, y alabó sin entusiasmo alguno el orden del salón y de la cocina.

—Según tu hija, fregar es de hombres —dijo Julio.

—Y tú se lo has demostrado —añadió ella con ironía.

Aunque Amanda le invitó a quedarse un rato más, lo hizo de tal modo que Julio comprendió que deseaba quedarse sola, por lo que alegó la existencia de un compromiso y se marchó.

Ya en casa, se quitó los zapatos para no hacer ruido. Luego, como empezara a oscurecer, se asomó al patio y buscó signos de vida en el piso de enfrente. No los había; Laura debía de tener turno de tarde. En tal caso, no regresaría hasta las once, quizá después si se entretenía con los compañeros. Al darse la vuelta, su mirada tropezó, como en tantas ocasiones, con el ordenador de Manuel, pero esta vez cedió a la tentación de encenderlo. Revisó las carpetas del procesador de textos, en busca de una novela que no halló, aunque descubrió un proyecto para una serie de televisión. También revisó los favoritos de internet sin encontrar ninguna rareza estimulante. Una vez más, se movía por las intimidades de Manuel como la cajera de la película por el piso de la anciana muerta. Solo que la anciana no estaba muerta; Manuel tampoco. Por fin, abrió el correo electrónico, donde comenzaron a caer los mensajes acumulados durante el tiempo que había permanecido apagado. Finalizada la descarga, leyó uno al azar:

«Querido Manuel, querido mío, llevo dos días preguntándome cómo darte la noticia, cómo decirte que estoy embarazada, que estoy embarazada DE TI. Nunca hablamos de esta posibilidad, pero lo cierto es que cada vez utilizábamos menos precauciones, como si estuviéramos provocando lo que al fin ha ocurrido. Me he preguntado también durante estos dos días cómo habrías reaccionado ante la noticia si estuvieras despierto. ¿Te habrías alegrado? ¿Me habrías pedido que abortara? ¿Habrías dudado si el niño era tuyo o de Julio? Sobre esto último, no albergues la menor duda, amor, ES TUYO, lo sé, ESTAS COSAS SE SABEN, no me pidas que entre en detalles ahora, corazón mío. No sé cómo habrías recibido la noticia, nunca te pregunté si estaba en tus cálculos ser padre, pero lo cierto es que casi siempre era yo la que tenía que recordarte que utilizaras el preservativo. A veces ni te acordabas de comprarlos... ¿No era esa actitud un modo de tentar al destino? En todo caso, quiero que sepas que si estuvieras en posición de tomar decisiones y me pidieras que abortara, lo haría, LO HARÍA, amor, no tengas tampoco la menor duda sobre eso. Pero las circunstancias han querido que sea yo sola la que tenga que decidir y he decidido, después de pasar muchas horas en vela, que voy a sacar a la criatura adelante. Seguramente hay algo providencial en el hecho de que el niño haya aparecido en el instante en el que te he perdido a ti (aunque sé que despertarás tarde o temprano).

»Justo el día de tu accidente, por la mañana, me había hecho a escondidas una prueba de farmacia que confirmó mis sospechas. Podía haberte llamado en ese momento, sí, pero preferí esperar hasta estar completamente segura, pues esos test fallan con alguna frecuencia. La fatalidad quiso que por la tarde te atropellara un coche. Hoy me lo ha confirmado el médico, al que he acudido con Julio a primera hora. Julio no sabe nada, le pedí que me aguardara fuera y luego, al salir, le aseguré que se trataba de una falsa alarma (había cometido el error, en un momento de debilidad, por lo sola que me encontraba, de confesarle que me había hecho una prueba). Pero tú no te preocupes por nada, amor, NO TOLERARÉ que se convierta en el padre de tu hijo, de nuestro hijo. Aún no sé cómo ni en qué momento, pero le voy a pedir que se vaya de casa para quedarme a solas con tu recuerdo y tu bebé. A partir de hoy, escribiré un diario del embarazo que enviaré a tu correo electrónico para que cuando despiertes del coma, porque estoy segura de que despertarás, amor mío, estoy SEGURA, SEGURA, SEGURA, puedas saber qué ocurrió, día a día, desde el accidente. Te quiere, Laura».

La habitación se quedó sin oxígeno. Julio tuvo que levantarse y salir precipitadamente al pasillo, donde tampoco lo encontró. Comprendió entonces que el problema no se encontraba fuera, sino dentro de sí. Sus pulmones se habían bloqueado de tal modo que era incapaz, por más que abriera la boca, de tomar aire. Se acordó de la moto, a la que a veces se le obstruía el filtro, lo que impedía el paso de la gasolina al motor provocando en la máquina, antes de detenerse, movimientos espasmódicos semejantes a los que ahora padecía él. Se golpeó el pecho una, dos, tres veces, boqueó como un pez sujetándose al marco de una puerta, y finalmente se desvaneció empapado en sudor.

Tras un tiempo indeterminado, comenzó a recuperar de forma paulatina la conciencia, a la que percibió como una luz que se acercara despacio desde el horizonte. Cuando esa luz se encontraba cerca, abrió los ojos y le asombró el tamaño de la oscuridad exterior. Afuera debía de ser noche cerrada. Al llevarse la mano a la frente, para eliminar una sensación incómoda, tocó una materia plástica en proceso de endurecimiento. Era sangre. Se había golpeado, al caer, pero la herida, muy pequeña, había dejado de manar.

Las fuerzas físicas llegaron después del restablecimiento de la conciencia, también de forma lenta y ordenada, como un ejército que tomara posiciones en una ciudad a punto de conquistar. Al incorporarse, tuvo de sí la percepción de un resucitado. Sus ojos horadaron la oscuridad del pasillo buscando la habitación del fondo, donde la pantalla del ordenador provocaba una luminosidad espectral. Si Laura hubiera vuelto y se asomara al patio, podría percibir esa luz, por lo que se dirigió a la habitación con idea de apagarlo.

Caminaba despacio, poseído por un ansia tranquila, como quien calculara las posibilidades de un cuerpo recién estrenado. Tras desconectar el aparato, se asomó a la ventana y no observó movimiento alguno en el piso de enfrente.

En esto, escuchó la vibración provocada por el ascensor y, apresurándose sigilosamente hacia la puerta de la vivienda, se asomó al ojo mágico, a través del cual vio salir a su mujer del ascensor, buscando las llaves en las profundidades del bolso. La visión no duró más de dos o tres segundos, pero tuvieron la calidad dúctil que adquiere el tiempo en las situaciones límite. Durante aquellos instantes flexibles, Julio comprendió el porqué de las ropas anchas que le había visto en anteriores observaciones y se dio cuenta, con sorpresa, de que ya sabía que estaba embarazada. Solo nos enteramos de lo que sabemos, se dijo, e intentó averiguar desde cuándo estaba al corriente de que Manuel y Laura se entendían. En cuestión de minutos, sin separarse de la puerta, llegó a la conclusión de que lo sabía desde siempre. Lo asombroso es que «desde siempre» quería decir desde toda la vida. Lo sabía en el colegio; en el instituto; en la academia de decoración... Lo sabía desde antes de conocer a Laura, desde antes de conocer a Manuel, desde antes de casarse, como si se tratara de una profecía que le hubieran anunciado en un tiempo remoto y la hubiera olvidado. Hacía algunos meses, mientras trabajaba en los decorados para una serie de televisión, le sorprendió oír hablar al director de la «biblia», que resultó ser un libro cuya escritura precedía a la de los guiones y donde se describía minuciosamente el carácter de los personajes. Todo cuanto les ocurría a lo largo de la serie se deducía de aquel texto sagrado, de aquella escritura primordial a la que los guionistas debían atenerse. Julio sintió que también él era el producto de una biblia en la que estaba escrito lo que ahora acababa de averiguar.

Esa noche no volvió a asomarse al patio interior. Con el abatimiento de aquel en quien se acaba de cumplir un destino fatal, fue al cuarto de baño y se limpió la sangre de la cara evitando mirarse en el espejo. Luego se desnudó y se metió en la cama de Manuel. Estaba agotado, no por el efecto de la jornada, sino por el efecto de la vida. Tendría que dormir, pensó, una existencia entera para reponerse de aquella postración. Con los ojos cerrados, en postura fetal, escuchó una música procedente de la casa de al lado, de su casa. La música, que desde la dimensión en la que ahora vivía su mujer llegaba a aquella otra en la que se había instalado él, iba dirigida sin duda al embrión, al feto, al hijo de Manuel. Laura creía en historias de ultratumba, de ultraútero; si ponía la música al volumen adecuado, los acordes penetrarían en su vientre y se mezclarían con los huesos en formación del bebé, con los tejidos de su cuerpo, con sus vísceras. Intentó representarse a la criatura, encogida entre los pliegues de la carne como él entre los pliegues de las sábanas, y al cabo se durmió en defensa propia.

Por la mañana, le hizo volver en sí el despertador de Laura, que aunque sonaba en otro mundo, y para otro mundo, provocaba efectos en este. Sin moverse de la cama, leyó todos los ruidos producidos por su mujer en el piso de al lado hasta que la escuchó salir. Quizá empezaba ese día el turno de mañana, o tal vez se lo había cambiado a una compañera. Desde que vivía sola, sus horarios habían perdido la regularidad anterior. Tras dejar pasar unos minutos, por si regresaba a por algo olvidado (lo que no era infrecuente), se levantó de la cama, se puso el albornoz de Manuel y se dirigió al estudio, donde encendió el ordenador para continuar leyendo aquella correspondencia que venía escribiéndose desde el principio de los tiempos.

Resultó que el principio de los tiempos era anterior a la instalación de Manuel en la casa de al lado. Descubrió un primer correo, un correo fundacional, que era el germen de todos los demás, en el que Laura le decía a Manuel que, aunque detestaba los ordenadores, por fin había decidido abrirse una cuenta de correo para comunicarse con él. «Julio —decía— se asombraría si supiera que ahora mismo estoy en un cibercafé, utilizando este aparato. Siempre me reprochó la falta de interés por estas tecnologías. Quizá al rechazarlas me protegía de ti, como si intuyera que a través de un ordenador me podría perder como de hecho he comenzado a perderme al iniciar, querido Manuel, estas líneas que parecen LAS PRIMERAS de mi vida».

De aquel correo y de los posteriores, Julio dedujo que Laura y Manuel se habían conocido, antes de ser vecinos, en el balneario urbano en el que trabajaba ella y adonde Manuel había acudido como cliente en busca de alivio para un dolor de espalda. Le cayó en suerte Laura, que le dio un masaje convencional, relajante, que le sentó muy bien, tanto, que volvió a los pocos días, aunque en esta ocasión solicitó ya los servicios de ella. En el correo electrónico que Julio tenía ahora ante sus ojos, Laura describía con morosidad las sensaciones que le había proporcionado trabajar con sus manos aquel cuerpo. «Era —exageraba— como si al amasar tus músculos los creara de nuevo». Decía también que de pequeña le había gustado hacer figuras con arcilla, habiendo olvidado aquel placer hasta tener entre sus manos la carne de Manuel. «Quizá —añadía— tú no te diste cuenta, pero había ocasiones en las que abandonaba el masaje para moldearte».

Los correos, a medida que los días avanzaban hacia el presente, iban perdiendo contención y entraban en intimidades venéreas que a Julio le descubrían una Laura distinta de la que él había conocido. «Yo no sentí nada —decía— con ningún hombre hasta que llegaste tú. Yo (¡una fisioterapeuta!) no conocía ni remotamente las posibilidades de mi cuerpo hasta que conocí el tuyo. Yo, querido Manuel, QUERIDO MÍO, ignoraba, créeme, qué era eso de mojar la ropa interior al pensar en un hombre. No sabía que el cuerpo de una mujer se podía licuar, literalmente, hasta que me tocaste...».

En otro correo, evocaba el día en el que Manuel, todavía el paciente, había alargado su mano hasta alcanzar la pierna de Laura, aún la masajista, y la conmoción que en ella produjo aquella iniciativa. «Era —decía— como si después de que yo te hubiera creado con mis manos, tú te incorporaras y aún recién hecho, todavía caliente, como Adán después de que Dios soplara sobre él, te dispusieras a devolverme el favor creando un cuerpo verdadero para mí, porque yo carecía, amor, de un cuerpo propiamente dicho hasta que tú le diste forma. Disponía, sí, de la materia prima, de la masa, pero era una masa informe, insensible, sin articulaciones, sin circuitos. Mi cuerpo era una CASA VACÍA, oscura, húmeda, hasta que tú entraste en él y empezaste a prender velas, a encender la chimenea, a habitarlo...».

Tan desconocido resultaba para Julio aquel lenguaje que en ocasiones dudaba que perteneciera a la misma Laura que había sido su mujer, que todavía era su mujer. Leyendo aquellos mensajes, por lo general breves, pero intensos, sentía un ardor sexual que tampoco había conocido en sí mismo, como si fuera otro —¿quizá Manuel?— el que se excitara a través de su cuerpo.

A lo largo del recorrido epistolar, tropezó con un correo en el que Laura informaba a Manuel de que se había quedado vacío el piso de al lado de aquel en el que vivía ella con su marido. Le sugería que lo alquilase, o lo comprase, para que estuvieran más cerca el uno del otro. A Julio no le sorprendió comprobar que también había sabido que Laura y Manuel se conocían desde antes de que este se hubiera convertido en su vecino. ¿Cómo era posible saber una cosa e ignorar al mismo tiempo que se sabe?

A partir de la fecha de aquel correo, el tono de las misivas de Laura cambiaba. Ahora Manuel vivía al lado de ellos. Los amantes, solos o en compañía de Julio, se veían con frecuencia y se enviaban mensajes a través de los tabiques («mañana, a las seis, pondré la música un poco alta, para que sepas que la pongo para ti»...; «se me ha ocurrido que NO ESTARÍA MAL, AMOR, hacer un pequeño agujero en el cuarto de baño, detrás del espejo, para vernos y hablarnos a través de él»...; «me han faltado unas braguitas del tendal, ¿las has cogido tú?»). Laura comentaba con regocijo la habilidad que estaban desarrollando para comunicarse, para hacerse los encontradizos en el portal, en el ascensor, en las escaleras... A veces le contaba, como ciertas, fantasías irrealizables: «La noche pasada imaginé que mi cuerpo se deshacía en átomos para atravesar la pared que nos separa. Todo empezó como una fantasía, pero te juro, AMOR, que al poco sentí que me deshacía de verdad, me disgregaba, y cada una de mis partículas traspasaba el tabique. Una vez en el otro lado, mis átomos se reunían de nuevo y me acostaba junto a ti, que dormías, tomándote de la cintura. Te reirás, AMOR, pero juro que FUE REAL. Por la mañana, desperté en mi dormitorio, junto a Julio, porque los átomos, durante el sueño, habían regresado a su sitio sin pedirme permiso».

Por lo que se deducía de aquella correspondencia, se acostaban en el piso de Manuel, a veces con Julio trabajando en el de al lado. En tales ocasiones, hacían el amor como fantasmas, sin ruidos ni gemidos, para que el marido burlado no los escuchara. Laura aseguraba que, lejos de vivirlas como una limitación, aquellas imposiciones representaban oportunidades para el desarrollo de su creatividad amorosa.

Mientras leía, Julio recordaba algunas ocasiones en las que encontrándose solo en casa, intentando trabajar, había sido atacado por una forma de pesadumbre inexplicable que le impedía concentrarse. Recordaba que a veces, buscando la calma, había abandonado el estudio, dirigiéndose al dormitorio para practicar sobre la cama ejercicios respiratorios que le aliviaran de aquel estado de ánimo indeseable. Comprendió ahora que la causa de aquella turbación se encontraba al otro lado del tabique y entendió por qué Laura le rechazaba, por qué se acostaba tan pronto y se hacía la dormida cuando llegaba él al dormitorio. Imaginó a Manuel con el oído pegado a la pared intentando deducir de los ruidos de la casa vecina los movimientos de la pareja.

El resto de los mensajes electrónicos era, como sucede en las películas pornográficas, una repetición desasosegante de lo mismo. La entrega de Laura a Manuel alcanzaba en ocasiones un punto inicuo, como cuando lamentaba carecer de la cultura precisa para comprender los gustos de su amante. «Leeré —decía— los libros que tú decidas que debo leer; escucharé la música que creas que debo escuchar; veré las películas que creas que debo ver, porque quiero estar, amor mío, A LA ALTURA de tus gustos. Hoy he pasado por una librería y he visto un libro que había, la otra tarde, en tu mesilla de noche. Estuve a punto de comprarlo, para colocarlo también en la mía, pero tuve miedo de que Julio me preguntara por él. A veces, Julio me da un poco de miedo. Ha notado la distancia que voy poniendo entre los dos y no la comprende. Es un hombre, no sé cómo decirte, opaco, turbio. Me dirás que siempre fue así, que cómo no me di cuenta antes y es cierto, siempre fue un hombre con un nudo, no sé cómo reaccionaría si se enterara de lo nuestro. Es cierto que nunca ha demostrado celos o sentimientos de posesión, pero porque es muy limitado para el amor.

Posee habilidades increíbles, sin embargo, para el rencor, para la envidia. No sabes cómo te detesta, curiosamente porque le gustaría ser como tú. A veces, he llegado a pensar si no viviré junto a uno de esos locos que llevan una vida más o menos normal hasta que algún suceso exterior despierta del todo su demencia. Desde que apareciste en mi vida, siento por él un miedo que quizá ya estaba presente antes, pero al que me había acostumbrado, como esas personas que viven en situaciones espantosas de las que no son conscientes porque carecen de elementos de comparación. Lo conozco desde la adolescencia. Coincidíamos en la parada del autobús en el que íbamos al instituto. Durante el trayecto, charlábamos de esto o de lo otro. Me encontraba a gusto con él porque era un poco diferente a los otros chicos, no sé, más sensible y sereno. Creo que en todos estos años no he salido de aquel autobús, que he mirado la vida desde sus ventanillas, como si no hubiera otras posibilidades. Y habría continuado en su interior, MI AMOR, realizando siempre el mismo trayecto, si no hubieras aparecido tú para mostrarme que hay otros lugares desde los que asomarse a la existencia. Creo que me acostumbré a Julio como a los filetes de hígado, que de pequeña no me gustaban, aunque a fuerza de verlos en el plato, como si vinieran con la vida, acabé aceptándolos».

Cada poco, Julio tenía que acordarse de tomar aire y expulsarlo porque la respiración había dejado de ser un movimiento involuntario. A veces, se olvidaba de inspirar durante unos segundos, y luego jadeaba hasta recuperar el ritmo.

A partir de la fecha del ingreso de Manuel en el hospital, los mensajes de Laura adquirían un tono distinto. Se dirigía a su amante como si estuviera despierto y le contaba, en ocasiones con una minuciosidad exasperante, lo que había hecho a lo largo del día, las veces en las que se había acordado de él, el sufrimiento que suponía para ella disimular su dolor. «Yo —decía en uno de los correos— cogí el teléfono cuando nos comunicaron tu accidente. Tenía a Julio delante y aunque lo que me pedía el cuerpo era gritar, deshacerme en lágrimas, correr, pedir socorro, tuve que reprimirme. No sé cómo lo conseguí, MI AMOR, aunque no del todo, la verdad, porque Julio, al observar mi tristeza, dijo irónicamente que parecía que nos habíamos quedado viudos. No se podía imaginar hasta qué punto era verdad, al menos por lo que se refería a mí. Creo que él, en el fondo, se alegró. Quizá sabe de lo nuestro más de lo que aparenta»... «Ha venido tu padre, pero Julio lo ha acaparado. Como su trabajo le da una gran libertad de horarios, queda con él a las horas en las que yo estoy en el balneario. No me importa, incluso prefiero no conocerle. Me daría vergüenza permanecer delante de él porque a veces creo que llevo escrito en la cara que soy tuya. Si no fuera todo tan patético, me haría gracia la relación de mi marido con tu padre: lo detesta, como a ti, porque tiene todo lo que a él le gustaría tener (y no me refiero a las cosas materiales), pero también lo admira, como a ti. Si vieras cómo a veces, sin darse cuenta, te imita...».

La última parte de la correspondencia estaba dedicada, casi de manera exclusiva, al embarazo. Se trataba de una especie de diario de navegación en el que Laura registraba cada movimiento del útero. «Hoy he ido al médico, me ha hecho una ecografía y es niño. Es lo que quería en el fondo de mi corazón, que fuera niño para que me recordara más a ti...». «No quiero ni pensarlo, AMOR MÍO, pero en el supuesto de que tú no volvieras nunca de donde quiera que te halles, criaría a este niño como si te criara a ti, lo amasaría como si te amasara a ti, le daría forma como si te diera forma a ti y tú resucitarías en él gracias a mis cuidados». O bien: «Aunque todo el mundo dice que es imposible, porque el feto no tiene aún el desarrollo preciso, hoy he notado cómo se movía dentro de mí...». Y también: «A veces pienso que de un modo u otro lees estos mensajes míos, quizá mientras los escribo. Sabemos dónde está tu cuerpo, en la cama del hospital, pero no por dónde se mueve tu energía. No te rías de mí por creer más en la energía que en la carne. Nuestro amor no podría explicarse solo en términos físicos. Pero, por si fuera poco, te llevo dentro de un modo real. Si el niño (una extensión de ti) es capaz de escuchar la música que pongo para él, ¿por qué no va a serlo de leer mis pensamientos y trasladártelos?».

Al terminar de leer este mensaje, Julio escuchó el sonido de su teléfono móvil. Le pareció que venía de otra instancia de la realidad, de un tiempo y un espacio distintos a aquel en el que se hallaba ahora atrapado. Sin embargo, el móvil se encontraba al alcance de su mano. Respondió. Le llamaban de la productora, recordándole que tenían una reunión esa misma mañana. Alegó que estaba enfermo, en la cama, con fiebre, con mucha fiebre, y debió provocar tanta lástima que al otro lado le pidieron disculpas. Luego se levantó y anduvo jadeando de arriba abajo por la casa, como si llevara un siglo conteniendo la respiración. Tenía de sí la percepción de una mosca que, tras haber intentado atravesar cien veces el cristal de una ventana, caminaba ahora extenuada por su marco, incapaz de levantar el vuelo, como si la gravedad, o su peso, resultaran excesivos. Llevaba toda la vida golpeándose contra aquella ventana al otro lado de la cual, inaccesible, se encontraba el mundo.

Cuando recuperó el ritmo respiratorio, volvió a sentarse frente al ordenador, abrió la bandeja de salida y buscó ahora los correos enviados por Manuel. Conociendo la fecha en la que se habían iniciado los de Laura, enseguida dio con el primero: «Mi muy querida Laura —decía—, qué bien que hayas decidido por fin utilizar este sistema. No me escribas nunca desde el ordenador de Julio, por si acaso. Ya ves que hay muchos sitios desde los que leer mis mensajes y contestar a ellos sin correr ningún peligro. Has de saber que también mi cuerpo, antes de que lo moldearas, era una masa inerte a la que tus manos dieron la forma de un hombre y tu hálito le insufló el alma. En la camilla de la sala de masajes, me gusta permanecer boca abajo, porque al introducir mi rostro por la abertura situada a la altura de la cabeza, puedo observar con impertinencia tus pies mientras vas y vienes de un lado a otro de mi cuerpo, como si yo fuera una geografía remota que tú estuvieras descubriendo en ese instante. Durante una época, leí algunas cosas sobre la conquista de América y hay una idea según la cual con ese descubrimiento el mundo se cerró sobre sí mismo, como si hubiera estado compuesto hasta ese instante por dos mitades que no lograban encontrarse. Cuando tú me tocas, ocurre algo parecido: una herida se cierra, un relato inconcluso se completa, un fragmento encuentra su sitio en la totalidad. A veces, en el silencio de la sala del balneario, tu respiración deviene en un acontecimiento atmosférico. Supe enseguida que no podría sobrevivir fuera de esa atmósfera, fuera de ese universo que eras tú, del mismo modo que el pez no puede vivir fuera del agua».

Los primeros correos —si todo aquello no era mera retórica dirigida a seducir a Laura— le descubrieron a un Manuel frágil, vulnerable, dependiente, cuando lo que había admirado en él había sido su fortaleza, su libertad, su autonomía. El hecho de que hubiera encontrado en Laura alivio a aquellas carencias provocaba en Julio un desconcierto sin límites al que, sorprendentemente, respondía el mismo Manuel en otro correo: «La característica principal de tu marido es, en efecto, la envidia. Lo que poseen los demás vale más que lo que posee él. Eso piensa, por eso no te valora, Laura mía. No sospecha que tú y yo tengamos una relación porque no le cabe en la cabeza que alguien pueda desear algo de lo que pertenece a su mundo. Si supiera que estoy enamorado de ti, tardaría diez minutos en ponerse a tus pies. Tal es la característica de la gente taimada. Solo aprecian lo que tienen cuando otro lo mira. Me interesa mucho como personaje de novela porque dentro de esa sordidez que le es propia hay una complejidad interesante. Me envidia y me detesta a la vez, es cierto, pero no sería capaz de reconocer que está dominado por deseos contradictorios. Le gustaría que yo desapareciera, sí, aunque no para que el mundo mejorara, sino para sustituirme. Pero hablemos de ti y de mí, de mí y de ti. La noche pasada, encontrándome en un estado de duermevela, recordé lo que habías sugerido de abrir un agujero en la pared del cuarto de baño, y tuve la fantasía de que practicaba en el mío una entrada secreta para comunicarlo con el tuyo. De ese modo, tendríamos encuentros clandestinos y fugaces en la única habitación de la casa en la que te puedes encerrar...».

La mayoría de los correos de la primera época eran declaraciones amorosas aquejadas de una afectación que no encajaba con la idea que Julio tenía de Manuel. Solo aparecía el verdadero Manuel, el Manuel irónico, mordaz, con frecuencia hiriente, cuando hablaba de Julio, al que se refería siempre de manera cruel («... en la cena de ayer encontré a tu marido especialmente turbio. Desaprueba en los otros todo lo que no es capaz de conquistar para sí...»).

Al poco, y como hubiera hecho antes con los de Laura, empezó a leer los correos de su vecino en diagonal, ya que en su mayor parte eran también repeticiones mecánicas de una retórica amorosa de formulario —o eso le parecía a Julio—, lo que en el caso de Manuel resultaba más difícil de explicar que en el de Laura. No faltaban pasajes de contenido sexual: «Querida mía, deja que te cuente una fantasía que tuve anoche, inducida quizá por un anuncio que vi en la televisión antes de acostarme: imaginaba que entraba en el cuarto de baño de mi casa, que retiraba el espejo que hay sobre el lavabo y que detrás no había una pared (yo mismo me había encargado de derribarla mientras Julio y tú estabais de vacaciones), sino la espalda de tu espejo, donde daba unos golpes para anunciarte mi presencia. Entonces, tú retirabas ese espejo y los dos quedábamos frente a frente, como si cada uno fuera el reflejo del otro. Yo empezaba a peinarme en mi dimensión de la realidad y tú hacías lo mismo en la tuya. Yo me lavaba los dientes en mi dimensión de la realidad y tú hacías lo mismo en la tuya. Yo me desnudaba en mi dimensión de la realidad y tú te desnudabas en tu dimensión de la realidad. Así, llegaba un momento, amor, en el que ninguno de los dos sabía quién era la persona real y quién su eco. Perdido este conocimiento, abandonábamos también el pudor y hacíamos las cosas íntimas que uno hace en el cuarto de baño cuando está completamente solo. Luego, tras tirar los dos de la cadena al mismo tiempo, regresábamos a nuestras posiciones primitivas y nos masturbábamos el uno frente al otro sin dejar de mirarnos. También mis gemidos, cuyo volumen reprimía para no alertar a tu marido, parecían una reverberación de los tuyos, o al revés. Luego, al eyacular, yo tomaba con mis dedos una parte de mi producción y te la ofrecía sin llegar a traspasar la línea que separaba una habitación de la otra. Y tú acercabas la lengua para recogerla como el que besa su propia imagen en el espejo, a la vez que me ofrecías en tus dedos los líquidos producidos por tu cuerpo. En esto, se escuchaba la voz de tu marido y ambos colocábamos apresuradamente los espejos regresando cada uno a su dimensión...».

Tras leer este correo, Julio, aquejado de una excitación sexual amarga, se levantó y se dirigió como un autómata al cuarto de baño, frente a cuyo espejo trató de masturbarse sin resultado alguno, pues aunque intentaba imaginar a Laura al otro lado, quien se le aparecía era Manuel. Al cabo, regresó exhausto al ordenador y continuó leyendo. Le explicaba ahora Manuel a su mujer que el adulterio estaba castigado en algunas culturas con la muerte. «¿Y sabes por qué? —añadía—. En parte porque los individuos encargan al Estado la defensa de aquello que son incapaces de defender por sí mismos, pero en parte porque existe la sospecha (te diré que bien fundamentada) de que el adulterio abre puertas por las que se alcanzan lugares turbulentos, desde los que se organiza la subversión contra lo establecido. Por eso, Laura mía, cuando insinúas la posibilidad de abandonar a Julio para que pudiéramos gozar de una relación estable, te digo que no. Si de algo quiero librarte, es de la humillación de ser mi esposa. En cuanto a los sentimientos de culpa que en ocasiones manifiestas, los perderás si piensas que no siempre el bien produce el bien, ni el mal produce el mal. Nuestras mejores conquistas (podría demostrártelo) proceden de la gestión adecuada del mal».

A medida que la relación progresaba, Manuel dedicaba algunos de sus correos a poner distancia, o eso le parecía a Julio, entre él y Laura. Así, en otro le explicaba por qué nunca le había dado un duplicado de las llaves de su casa. Decía que la entrega de las llaves al otro siempre era una forma de rendición y aludía, ¡increíblemente!, a un cuadro de Velázquez. «Dirás —añadía— que yo tengo las tuyas (sería más propio decir las vuestras), pero las tengo en calidad de vecino, porque un día decidisteis que era bueno para vosotros disponer de un juego de repuesto en la casa de al lado. En cambio, si te diera las mías, solo podría hacerlo en calidad de amante y la primera obligación de los amantes es evitar las trampas que les tiende el mundo para que abandonen la situación de secreto que les es propia y dejen, de ese modo, de ser reales. La realidad, mi amor, es un bien escaso. Tú y yo somos reales cuando estamos juntos, en contra de los convenios generales. Si abandonáramos la clandestinidad para convertirnos en una convención más, dejaríamos de serlo».

Aunque lo de las llaves le pareció más una justificación que una explicación, con Manuel nunca se sabía. Julio jamás había sido capaz de distinguir cuándo hablaba en serio o en broma; cuándo estaba diciendo algo profundo o superficial; cuándo se creía o no sus propias afirmaciones. Manuel, por su parte, consciente de la confusión que provocaba en su vecino, siempre había jugado a acentuarla. Como si hubiera previsto que Julio tuviera acceso algún día a esta correspondencia, también en ella introducía elementos desconcertantes. «Te quejabas ayer —decía— de que nuestra situación comienza a parecerse a una telenovela. Es verdad, Laura, amor, pero la telenovela es el relato por excelencia de nuestra época. Muchos escritores de los considerados cultos empiezan a referirse a ella con respeto y confiesan la envidia que les proporcionan sus autores. La posmodernidad, que es la época que nos ha tocado vivir, se caracteriza precisamente por el desprestigio de los grandes relatos. Nadie, excepto los investigadores, lee hoy las novelas que históricamente se han considerado importantes. Resultan indigeribles, a menos que te acerques a ellas con un afán arqueológico. Lo que se escribió pensando en el público ingenuo, que es el lector natural del género novelesco, es en la actualidad pasto de sabios y eruditos. La única forma de relato viva es la telenovela, en parte porque nos acerca al género oral, del que procedemos. No todas son buenas, desde luego, pero la tuya y la mía, puedes creerlo, amor, es de las que valen la pena. Separados por un tabique y por un patio interior, como dos presos que ocuparan celdas contiguas, estamos inventando, para comunicarnos, un código secreto cuya primera obligación es no parecerse a ningún otro. Pregúntame si tenemos sentido, si vale la pena sacar adelante una historia de amor condenada al secreto, y te diré que solo las historias como la nuestra valen la pena. Mira a tu alrededor, observa las relaciones de la gente, las determinaciones infames (de orden económico, social, incluso religioso) que caen enseguida sobre quienes se aman, y comprenderás que tú y yo somos, en medio de un mundo sin significado, verdaderos atletas del sentido. Hemos de tener claro esto para desoír los cantos de sirena con los que el absurdo intenta atraernos. No hay espectáculo más atractivo que el del absurdo, por eso la gente vive instalada en él...».

Frente a correos como este, Julio dudaba de su propio juicio. ¿Era compatible la crítica del gusto dominante, aplicada a la decoración, con esa apología de la telenovela? Estaba seguro de que sí, pero por razones que no alcanzaba a desentrañar. Quizá lo que interpretaba como maniobras de Manuel para poner distancia con su amante eran al fin convicciones auténticas. Tal vez Manuel estuviera enamorado de Laura de un modo raro, incomprensible para él, porque él no hubiera estado nunca enamorado de verdad. Sorprendentemente, también a esto se refería su rival en uno de sus mensajes: «Ahora, según me dices, te das cuenta de que Julio nunca te ha querido. No ha querido a nadie, no quiere a nadie, porque es un hombre muy limitado, como tú misma dices, para el amor. Hay gente inhábil para el afecto como hay gente sin aptitudes para el dibujo. ¿Le pedirías a un manco una caricia, a un mudo una palabra, a un ciego una mirada? Desde luego que no. Tampoco le puedes pedir a Julio que sea un buen amante, porque tiene mutilada esa capacidad».

Al llegar a este punto, Julio sintió un acceso de fiebre procedente de la médula de sí mismo, de los confines de su biografía, que se manifestó con más ardor en las articulaciones y en las partes blandas de su cuerpo. Absurdamente, y puesto que había utilizado la fiebre como excusa para no acudir al trabajo, la recibió con gratitud. Soportaba mal los desacuerdos entre lo que decían las palabras y lo que decía la realidad. Quizá aquel rasgo de carácter tuviera que ver con la tendencia a la literalidad de la que hablaba Manuel en otro de sus mensajes. «Tu marido —decía— posee el don de lo obvio, por eso lo entiende todo de forma literal. Si quedas con él a las nueve, no comprende que llegues a las nueve y cinco. Ayer tuvimos una discusión absurda acerca de la puntualidad. Me acusaba de llegar siempre con cinco minutos de retraso. Decía que se había molestado en calcularlo y eran siempre cinco minutos exactos, por lo que no entendía que, sabiéndolo, no saliera cinco minutos antes. Le sugerí que intentara salir él cinco minutos después, asegurándole que sentiría una paz enorme si era capaz de liberarse de aquella rigidez horaria. Entonces acudió al tópico de la falta de respeto. Las personas impuntuales no tenéis en cuenta al otro, sois desconsideradas con las necesidades de los demás, etcétera. El paso siguiente a este tipo de consideraciones es acusarme de rico. Hace tiempo le recomendé una novela. Al cabo de dos o tres semanas le pregunté si la había leído y dijo que no había podido con ella porque ninguno de sus personajes tenía que ganarse la vida. Mide a la gente por el tamaño de su hipoteca. Hace poco me acusó de no conocer las reglas de juego del mundo real por el mero hecho de no haberme visto obligado a ganarme la vida duramente. Le respondí, en el mejor tono, que él no se gana la vida: la mendiga, la implora, suplica que se la den como el indigente de la esquina solicita una moneda. Y con el dinero, por cierto, guarda la misma relación mezquina que con el tiempo. No hace mucho, como el giro mensual de mi padre se retrasara, le pedí un préstamo (quizá te lo podía haber pedido a ti, pero no quiero desdorar nuestra relación con estas cuestiones de orden práctico). Pues bien, me ha insinuado ya en tres o cuatro ocasiones que se lo devuelva con la misma miserable actitud con la que pretende que le devuelva el tiempo que ha perdido esperándome».

En ese instante, quizá gracias a la fiebre, Julio se hizo un par de preguntas: ¿Por qué habla tanto de mí? ¿Y por qué yo me detengo especialmente en aquellos correos en los que aparece mi nombre? Mientras se dirigía a la cocina para beber agua intuyó que ambos, Manuel y él, estaban oscuramente unidos por lazos que eran más fuertes que los del amor o los del odio. Tuvo un movimiento de piedad hacia Laura al comprender que ella no era sino el instrumento que articulaba la relación entre los dos hombres. Aquello tenía el carácter de una revelación, pero se trataba de una revelación efectuada bajo un estado febril, por lo que podía ser también un delirio. Dándole provisionalmente el tratamiento de un delirio, para no asustarse demasiado, Julio decidió que Manuel no se merecía a su padre y tampoco se merecía al hijo del que Laura se encontraba embarazada (ni a la propia Laura, por supuesto). La aparición de aquel verbo, merecerse, fue otra revelación en aquella cadena de descubrimientos. ¿Se merecía él, Julio, lo que tenía, pero, sobre todo, lo que no tenía? ¿Podría resumirse una vida en términos de merecimiento? ¿Qué había hecho Manuel para ser acreedor de aquella posición tan cómoda, de aquel talento, de aquella capacidad de seducción? ¿Había conquistado lo que tenía o se había limitado a aceptarlo como si perteneciera al orden natural de las cosas?

Con el vaso de agua en la mano, sintiendo la fiebre como una malla que se extendía bajo su piel, mantuvo con Manuel una conversación imaginaria en la que le reprochó su deslealtad.

—Solo hay que ser leal a las ideas —respondió el Manuel imaginado por Julio—. Pero para ser leal a las ideas, hay que tenerlas, y no es tu caso.

Le pareció extraño que incluso cuando él, Julio, escribía el guion, las respuestas de su rival resultasen más convincentes que las propias. Nunca se le había ocurrido que las ideas estuvieran por encima de las personas, pero quizá fuera cierto, puesto que eran las ideas, no las personas, las que movían el mundo. A diferencia de su vecino, Julio se movía en el terreno de las personas, de las cosas concretas, porque no tenía capacidad para elevarse al mundo de las representaciones. Ordenaba los objetos, mantenía limpia la cocina o el cuarto de baño, porque carecía de un mundo imaginario al que prestar aquellos cuidados.

Cuando volvió a sentarse frente al ordenador, parecía que habían pasado cien años. En algún sentido, la persona que se sentó era distinta de la que se había levantado. En esto, entró en el correo un mensaje. Era de Laura, y decía así: «Querido mío, te escribo desde el cibercafé de siempre, pero desde otro ordenador. El que utilizo habitualmente está ocupado, lo que me parece una profanación. Pero no tengo tiempo para esperar a que quede libre, pues me he escapado un rato del trabajo, con la excusa de ir al médico. Has de saber que llevo el embarazo MUY BIEN, perfectamente. TU HIJO se desarrolla sano. Digo TU HIJO, pero a quien siento crecer dentro de mí es realmente a TI. Ayer fui a verte al hospital. Me dejaron sola contigo un rato y te cogí la mano y la puse en mi vientre, para que escucharas tus propias palpitaciones, para que te sintieras. Voy menos de lo que me gustaría porque no soporto el olor de los hospitales, pero también por miedo a que las enfermeras sospechen que teníamos una relación y cometan alguna indiscreción con Julio, que también te visita alguna vez. Quiero decirte que continuamos siendo clandestinos, que respeto esa voluntad que no siempre he compartido. Ya sé lo que piensas de las ideas acerca del compromiso y todo eso, pero lo que quería decirte hoy, amor, amor, amor mío, amor mío, AMOR, es algo increíble que me hace dudar de mí, de mis sentidos, de todo. Verás, a veces, al salir de casa, huelo en el descansillo de la escalera tu perfume. Al principio pensaba que quizá la atmósfera se había quedado impregnada de él, pero ha pasado demasiado tiempo y continúa oliendo, como si tú acabaras de pasar. Y no solo eso: alguna noche, en medio del silencio de la madrugada, estando despierta, me ha parecido escuchar en tu dormitorio el ruido de alguien que da vueltas en tu cama, de alguien que sueña en voz alta. Dime si todo esto son alucinaciones, amor, o si es que has logrado escapar de tu cuerpo en coma y vuelves como un fantasma a tu casa, buscando tus cosas, entre las que me encuentro. A veces, me detengo durante horas frente a la ventana que da al patio y observo la ventana de tu estudio. Aunque la persiana está a la misma altura a la que la dejaste tú, aunque todo continúa aparentemente igual, yo siento, AMOR, que la casa está habitada por ti, por tu fantasma. Dime si es un delirio, dímelo, dímelo, dímelo. Te QUIERE, tu Laura».

Julio cerró el ordenador y apagó su móvil, ambas cosas como si se desconectara del mundo. Luego fue al dormitorio y se dejó caer sobre la cama donde permaneció tres días seguidos, con sus noches. Durante ese tiempo, mientras su cuerpo reposaba entre las sábanas como un traje abandonado, su memoria viajó de un extremo a otro de la vida, unas veces observándola con la falta de intención con la que se contempla el paisaje desde el tren; otras, leyéndola con la tenacidad con la que se interpreta el destino. El destino aparecía escrito en los sucesos banales, en los detalles periféricos, en los suburbios de los hechos. Él recorría su existencia con la cautela errática con la que la cajera de la película recorría la casa de la anciana moribunda, asomándose a una u otra habitación en busca de un significado.

En algún momento de esos tres días se vio a sí mismo, en otra época, detenido, perplejo, frente a un armario abierto: el de su madre. Colgaban de su interior cuatro o cinco perchas desnudas, y un traje que la mujer había abandonado allí al huir de casa. Julio acarició el traje con la desconfianza y la curiosidad con la que se acerca la mano a un cadáver. Aquel vestido sin alma le recordó al cuerpo de Manuel y al suyo propio, abandonados por sus dueños como dos prendas vacías, en diferentes camas, víctimas del mismo destino.

Durante la época de estudiante, Julio había trabajado en una tintorería de su barrio. La experiencia le proporcionó un salario corto, pero un formidable capital de extrañeza. Aquellos trajes que los clientes le confiaban, y en cuyas solapas él clavaba una ficha con un alfiler, procurando no hacerles daño, le producían una turbación insoportable. ¿Cómo era posible que sus propietarios no advirtieran que en aquellas prendas abandonadas sin remordimientos sobre el mostrador residía parte de su identidad? Enseguida aprendió a separar las distintas partes de un traje como el forense, tras abrir el cuerpo, clasifica las piezas anatómicas. A algunos había que quitarles las hombreras, descoserles los bajos o extirparles los botones antes de someterlos al proceso de despersonalización que implicaba el lavado. Pero incluso después de limpios, si hurgabas en sus penetrales, encontrabas grumos de emoción, coágulos de personalidad.

Julio tenía, entre otras, la tarea de revisar los bolsillos de la ropa para extraer cualquier cuerpo extraño que pudiera dañar el tejido durante el proceso de lavado. La gente olvidaba billetes de metro o autobús, pañuelos de papel, monedas, notas o cartas, que él colocaba sobre el mostrador como el forense ordena las piezas menores sobre los bordes de la mesa de acero. Tenía orden de tirar a la basura aquellas cosas insignificantes, pero las depositaba en una caja, a la espera de que se evaporara de ellas esa pequeña porción de alma con la que llegaban al establecimiento. Lo cierto es que la personalidad persistía durante semanas o meses, por lo que siempre acababa desprendiéndose de ellas con cierto sentimiento de culpa, como si hubiera sido más caritativo inhumarlas que arrojarlas a la papelera.

Se había identificado con aquellas prendas de vestir —ahora lo sabía— porque él mismo tuvo siempre algo de traje vacío. No es que careciera de alma, pero se trataba, probablemente, de un alma pequeña, ruin, disminuida. Quizá cuando Manuel, en su correspondencia con Laura, le calificaba de opaco, quería destacar esta condición de cuerpo sin espíritu. Su opacidad —ahora lo entendía— era semejante a la de los vestidos que llegaban al tinte. Un día sorprendió al dueño del establecimiento abrazado al traje de una cliente, violándolo, sin que el vestido pudiera defenderse. ¿Cómo hacerlo con aquella porción insignificante de espíritu perdido en sus entretelas? El violador no advirtió la presencia del empleado, de modo que Julio, paralizado por el miedo, lo vio copular con el traje. Era como copular con una sombra.

La tintorería tenía en el sótano un pequeño almacén donde se depositaban, durante el tiempo que marcaba la ley, los trajes que, después de limpios, por una u otra razón, no se recogían. Quizá sus dueños habían fallecido, o habían cambiado de ciudad, o un golpe de fortuna les había hecho renovar su vestuario olvidando las prendas viejas como los reptiles, al cambiar de piel, abandonan la antigua en cualquier sitio. Julio entraba de vez en cuando en aquella habitación y observaba, pendientes del techo, como ahorcadas, aquellas sombras abandonadas, sin dueño. En alguna ocasión, su jefe le había animado a que se llevase una chaqueta, unos pantalones, un abrigo, que él siempre rechazaba con argumentos atropellados, inverosímiles, pues cómo confesar lo que realmente sentía.

Un día, tuvo con Manuel una conversación acerca del alma y el cuerpo. Manuel sostenía que se trataba de una distinción fantástica, irreal. Julio le preguntó entonces por qué él los percibía como instancias distintas, a lo que su vecino respondió que la historia de la humanidad podía resumirse en un combate contra la percepción, creadora infatigable de espejismos.

—Los sentidos —añadió— dicen que el Sol se pone, pero el Sol ni se pone ni se quita. Según los sentidos, los objetos, al alejarse, se hacen más pequeños, pero lo cierto es que tienen el mismo tamaño aquí y a cien metros de aquí. Los sentidos nos hacen mantener la ilusión de que los cuerpos son macizos, cuando el ochenta por ciento de un átomo es puro vacío. La realidad es un agujero. ¿Has oído hablar de la materia oscura?

Seguramente llevaba razón, Manuel no tenía otro objeto en su vida que el de llevar razón, pero, contra toda evidencia científica, Julio sentía que su cuerpo (como el de su vecino, en el hospital) era ahora una especie de sombra, una suerte de traje abandonado sobre una cama. Tenía que decidir si recogerlo u olvidarlo para siempre allí, al otro lado del espejo. No fue una decisión fácil, pero la posibilidad de que Manuel sí recogiera el suyo le mortificaba hasta el punto de que al tercer día se incorporó al fin y salió de entre las sábanas como el que abandona un sepulcro. Había perdido varios kilos, pero también la fiebre se había retirado. Quien tenía fiebre ahora era la realidad. Así lo percibió al entrar en el cuarto de baño y tocar el lavabo, la bañera, el agua, el jabón, los frascos con los ungüentos para evitar la caída del cabello... Todo tenía fiebre, todo estaba enfermo, porque todo —también objetos humildes como la maquinilla de afeitar— estaba vivo.

Tras vestirse, fue a la cocina y recogió algunas sobras de comidas repartidas por los armarios. Luego encendió el teléfono móvil y vio los mensajes acumulados durante su ausencia. No había muchos, dos o tres de trabajo y un par de ellos de Amanda, para pedirle que se quedara un rato con la niña. Miró la hora y resultó ser mediodía. Telefoneó a la casa de al lado, a su casa, para ver si Laura se encontraba allí. No respondió nadie, por lo que supuso que tendría turno de mañana. Luego buscó las llaves que de esa casa tenía Manuel, encontrándolas enseguida en un cajón de la cocina. Salió entonces sigilosamente al descansillo de la escalera y entró furtivamente en su vivienda. Fue directamente a la habitación del fondo, la que había sido su cuarto de trabajo, y la encontró convertida en el dormitorio de un bebé. Laura había retirado todo lo que pudiera evocar el pasado de la estancia y había colocado una cuna que parecía el centro de una constelación en torno a la cual giraba el resto de los objetos. La cuna, por supuesto, tenía fiebre. Volviendo sobre sus pasos, ingresó en el pasillo y entró en el dormitorio principal, donde la cama permanecía sin hacer. Moviéndose como una sombra por la habitación, ordenó ligeramente las sábanas y recogió un poco las ropas de su mujer. Luego regresó a la casa de al lado y telefoneó a Amanda.

—He estado fuera —dijo—, pero me apetece ver a la niña.

—Y ella está loca por verte a ti. No hace más que preguntar. Te he llamado varias veces, pero tenías el teléfono apagado.

—¿Estaréis esta tarde en casa?

—Me vendría mejor que la recogieras del colegio, pues tengo que hacer unas cosas a primera hora. Si te parece, doy aviso de que irás tú a por ella. La recoges, la llevas a casa, que está a dos pasos del colegio, le das de merendar y cuando yo llegue tomamos una copa.

—¿Quién me abre la puerta?

—La niña lleva un juego de llaves en la cartera.

Tomó nota de la dirección del colegio de Julia y salió a la calle con idea de hacer tiempo hasta las cinco. Pasó por delante de la moto, de la que solo quedaba la horquilla de la rueda delantera y el depósito, que tenía cierta calidad de abdomen. Luego fue a unos grandes almacenes, en cuya cafetería tomó un plato de sopa y comió un trozo de pescado hervido, como un convaleciente, antes de buscar un regalo para la niña. Le daba pánico, de súbito, la idea de decepcionarla, como si esa niña, a la que apenas había visto en tres o cuatro ocasiones, fuera lo único que le quedara en la vida.

Tras dar varias vueltas, compró un reloj de madera, con los números y las agujas de diferentes colores, para enseñarle él mismo a leer la hora, y un cuento sobre los días de la semana, con muy poco texto y muchas ilustraciones, donde se narraba la historia de un niño que en cierta ocasión, mientras todo el mundo se trasladaba del domingo al lunes a la hora habitual, lograba quedarse escondido en un rincón del domingo para no ir al colegio. Cuando sus padres se dan cuenta de que han llegado al lunes sin él, intentan regresar para recogerlo, pero les resulta imposible, por lo que el pequeño pasa seis días completamente solo, hasta que su familia hace el recorrido entero y llega de nuevo al domingo. El cuento se recreaba en la aventura del niño atrapado dentro de un día vacío, sin vecinos, sin transeúntes, sin policías, incluso sin animales domésticos, pues también estos hacían el viaje alrededor de la semana en compañía de los humanos. Cuando lo encuentran, el crío está al borde del desfallecimiento, pero una vez repuesto, y arrepentido de su acción, pone esta facultad de viajar a través del tiempo al servicio del bien, utilizándola para recoger niños extraviados en días de la semana que no son.

Leyó el cuento de pie, junto al mostrador. Tras cerrarlo, imaginó una ciudad con una red de metro cuyas estaciones llevaran el nombre de los días de la semana. La gente tomaría el metro a primera hora en el domingo, por ejemplo, y se bajaría en el día que más le apeteciera. Se imaginó a sí mismo dentro de uno de esos vagones. Había tomado el suburbano en Lunes con la idea de apearse en Jueves. Al pasar por Martes, veía a su madre, sentada en un banco del andén, como esperando a alguien. ¿A quién esperará mamá en el martes?, se preguntaba como si se encontrase en el interior de un sueño. Y no estaba dentro de un sueño, pero sí dentro de una ensoñación muy poderosa, pues descubrió de repente a su lado a un vendedor que le preguntaba por tercera o cuarta vez si le podía ayudar en algo.

—¿Perdón?
—¿Le puedo ayudar en algo?
—Quería saber si este cuento es adecuado para una niña de seis o siete años.

El vendedor le dijo que sí, que estaba pensado para lectores de entre seis y ocho años, y que tenía mucho éxito. Julio le pidió que se lo envolviera para regalo. Cuando abandonaba la sección se dio cuenta de que él mismo no estaba seguro del día de la semana en el que se encontraba. De acuerdo con sus cálculos, había permanecido unas setenta y dos horas sobre la cama, en aquella especie de duermevela febril, pero ahora no recordaba en qué día de la semana se había acostado. Quizá vivía en un día distinto al del resto de las personas que se cruzaban con él. Desde la sección de libros se trasladó a la de la ropa infantil y compró, también para Julia, un vestido que le aconsejó la dependienta.

Llegó a la puerta del colegio con un cuarto de hora de antelación. Había ya un grupo de adultos que esperaban a sus hijos y que charlaban entre sí, generalmente acerca de los niños. Él era el único hombre solo. Poco antes de las cinco, una cuidadora abrió la verja para que los padres pasaran al jardín. A medida que se acercaba el momento de la salida, Julio sentía una carga de responsabilidad que le proporcionaba placer y desasosiego al mismo tiempo. Se imaginó recogiendo a su propio hijo del colegio todos los días, llevándolo a casa de la mano, preparándole la merienda, enseñándole a leer las horas del reloj... A ratos, le parecía insoportable la idea de no tener ese hijo al que llevarse a casa, al que educar.

Distinguió a Julia enseguida, entre la segunda oleada de niños que salió del edificio. Ella también lo distinguió a él. La niña corrió y se abrazó a su cuello. Julio no sabía qué hacer, pues no había esperado aquella efusión. En esto, se acercó una profesora.

—Nos avisó Amanda de que vendría usted a recoger a Julia.

—Sí —dijo él.

—Es mi padre —gritó la niña.

Julio esbozó una sonrisa violenta. De súbito, se sintió obligado a preguntar qué tal día había pasado.

—Ha estado muy distraída. Se distrae mucho. ¿Verdad, Julia, que te distraes mucho?

—No me distraigo, pienso en mis cosas —respondió la niña.

Tras despedirse de la profesora con una sonrisa, Julio tomó a la niña de la mano y abandonaron el colegio.

—¿Sabes ir a casa? —preguntó Julio.

—Claro que sé. Podría ir y venir sola, pero no me dejan.

Llevaba la mano de la niña, tan pequeña, dentro de la suya con el cuidado del que lleva un pájaro. A veces, jugaba con sus dedos; separándolos con la delicadeza del que ordena un conjunto de plumas. La niña se dejaba hacer y él se dejaba guiar. Las calles, en aquel barrio recién estrenado, eran muy anchas y los automóviles cogían más velocidad de la autorizada. La niña, advertida de ello, solo cruzaba donde había semáforos. Cuando estaban cerrados, contaba hasta que se abrían. Tenía calculada la duración de todos los del trayecto, aunque confundía los segundos con los minutos. Julio intentó explicarle la diferencia, pero ella no le prestó atención.

—Me gusta la palabra minuto —se justificó.

—Los minutos están hechos de segundos —insistió Julio.

—Y las horas de plastilina —añadió la niña.

—¿Por qué de plastilina?

—Dice mi madre que se estiran como la plastilina.

—Eso es cuando te aburres.

—¿Por qué tienes menos kilos que el otro día?

—Los he perdido.

—Pues nosotros estamos hechos de kilos.

Para Julio, la situación era tan novedosa, tan extraña, que creía que todo el mundo le miraba. En el fondo, tenía la impresión de estar usurpando un papel que no le correspondía, como si hubiera raptado a la niña. La fantasía del rapto atravesó varias veces su cabeza. También la de que Amanda tuviera un accidente que le impidiera volver a hacerse cargo de su hija y él pudiera adoptarla.

—¿Por qué has dicho en el colegio que yo era tu padre?

Julia se rio, pero no contestó.

—¿Por qué? —insistió Julio.

—¿Qué llevas en esa bolsa? —contraatacó ella.

—Regalos —dijo él.

—¿Regalos para quién?

—Para ti.

—¿Cuántos?

—Tres.

Ella quiso abrirlos en medio de la calle, pero Julio dijo que se abrirían después de merendar, y se mostró tan inflexible que la pequeña no insistió.

Ya en la casa, mientras Julio calentaba la leche para la merienda en el microondas, la niña abrió los paquetes. Del vestido dijo que ella nunca usaba faldas y del reloj que era para niños pequeños. Del cuento, miró los dibujos, pero no hizo intención de leerlo.

—¿Por qué no llevas faldas nunca? —preguntó Julio.

—¿Por qué no las llevas tú? Los hombres no llevan faldas, pero nosotras sí llevamos pantalones. No es justo.

—¿Y por qué el reloj te parece para niños pequeños?

—Por los colorines.

—¿Sabes leer las horas?

—Las minúsculas.

—Las horas no tienen minúsculas.

—Porque tú lo digas.

—¿Quieres que te enseñe a leerlas?

—Primero me lees el cuento.

Julio leyó el cuento mientras la niña merendaba con expresión reflexiva.

—¿Te gusta la idea de que pudiéramos vivir en distintos días de la semana? —preguntó al terminar.

—No lo sé.

—¿Cómo que no lo sabes? ¿Te ha gustado o no te ha gustado el cuento? Eso se sabe.

—¿Yo te gusto a ti?

Julio dudó.

—¿En qué sentido? —dijo al fin.

—Como hija.

—Pero tú no eres mi hija.

—Te estoy diciendo si lo fuera, si yo fuera tu hija.

—No lo sé.

—Entonces no te gusto.

—No he dicho eso.

—Yo tampoco te he dicho que no me gustara el cuento. Te he dicho que no sabía si me gustaba.

Julio comprendió que había caído en una trampa e intentó cambiar de conversación mientras recogía los cacharros de la merienda y los llevaba a la pila. Pero la niña volvió a la carga.

—Si me dices si te gusto o no te gusto como hija, yo te digo si me gusta o no me gusta el cuento.

—Venga, empieza tú —dijo Julio.

—¿Por qué yo?

—¿Y por qué yo?

—Lo echamos a cara o cruz y luego me regalas la moneda —decidió la niña.

Julio sacó una moneda, la arrojó al aire y pidió cara. Salió cara.

—Empiezas tú —dijo entregando la moneda a la niña.

—Sabía que iba a perder —dijo Julia—. Siempre pierdo.

Julio se disponía a consolarla cuando intuyó que aquello era otra trampa, de modo que empezó a fregar los cacharros sin decir nada.

—Siempre pierdo —insistió la niña—. ¿Tú ganas siempre?

—Según a lo que llamemos ganar —respondió él.

—Yo llamo ganar a ganar.

—Yo llamo ganar a quedarse con la moneda.

La niña soltó una carcajada, como si hubiera estado fingiendo todo el rato. Julio continuó fregando los cacharros en la confianza de que ella volviera sobre el asunto de si la quería o no la quería como hija, pues ahora era él el que necesitaba decirle que sí, que la quería. Pero la niña había perdido el interés por la cuestión.

Cuando terminó de fregar fueron al salón y se sentaron en el sofá. Ella encendió el televisor y buscó un programa infantil con el mando a distancia. A Julio le decepcionó que prefiriera eso a hablar con él, pero no dijo nada. Cuando llevaban un rato frente al aparato, y como Julia pareciera hipnotizada por el programa, se levantó y se acercó a la repisa de la chimenea, donde estaba la caja de latón con los porros hechos. Tomó uno y se fue con él a la cocina, donde lo encendió con cautela y le dio un par de caladas temerosas. Enseguida notó ascender los efectos de la droga desde los pulmones hacia las sienes. Estaba sentado a la mesa, observando el reloj de pared, que tenía un segundero. Cerraba los ojos, contaba hasta quince y luego los abría para comprobar que en el reloj había transcurrido un cuarto de minuto. Sus segundos duraban más que los del reloj. Cuando logró que coincidieran, dejó de jugar. A la quinta calada apagó el canuto y se arrepintió de haberlo encendido. Ahora tendría que esperar durante un tiempo indeterminado a que se le pasasen aquellos efectos desagradables, aquel desasosiego que por lo general le proporcionaba el hachís. Para combatirlo, buscó debajo de la pila un detergente y una bayeta y se puso a limpiar los azulejos con una concentración exagerada. También los azulejos tenían fiebre.

Al poco, apareció Julia en la puerta de la cocina. Se miraron sin decir nada. Luego la niña observó la colilla del canuto y dijo:

—Ya estás como mamá.

—¿Cómo está mamá?

—Fumando eso. Cuando fuma eso, se pone rara.

—Yo no estoy raro, estoy limpiando los azulejos, que mira cómo están, hechos una porquería.

—Pero estás raro. Los limpias de un modo raro.

Julio hizo un esfuerzo por sobreponerse a la acusación de la niña.

—No sé qué quiere decir un modo raro. Cuando las cosas están sucias se limpian y punto.

—Y me hablas mal, como si yo estuviera en un día de la semana y tú en otro.

Julio abandonó la bayeta sobre la encimera, decidido a enfrentarse a la niña, que era también un modo de enfrentarse a la angustia, pero comparó el cuerpo de ella con el suyo y comprendió que la niña tenía más alma que cuerpo mientras que él tenía más cuerpo que alma. Y esa alma pequeña de la que disponía estaba perdida por algún sitio de su ser, como un botón en el dobladillo de un traje. Su incomunicación, su opacidad, subrayada ahora por los efectos del canuto, volvía a hacerse patente una vez más. Podía dirigirse al mundo, pero como si entre él y el mundo hubiera un muro de cristal.

—Vamos a ver la tele —dijo abandonando la limpieza.

—Ahora no quiero ver la tele.

—¿Qué quieres hacer?

—Quiero que me cuentes un cuento de sombras.

Se sentaron a la mesa de la cocina y Julio comenzó el siguiente relato:

—Érase una vez una tintorería de sombras.

—¿Qué es una tintorería de sombras?

—Un sitio donde la gente lleva sus sombras para que las limpien, igual que llevamos los trajes. No me interrumpas todo el rato.

—Sigue.

—Pero había gente que después de haber dejado su sombra para que se la limpiaran no volvía a recogerla.

—¿Por qué?

—Porque se olvidaban de ella, o porque se morían, o porque no tenían dinero para pagar la limpieza. El caso es que todos los meses había una cantidad de sombras que no se recogían.

—¿Y qué hacían con ellas?

—Se guardaban en un almacén al que daba miedo asomarse porque estas sombras abandonadas gemían de dolor. No soportaban no tener un cuerpo al que seguir. Sus gemidos eran muy pequeños, como cuando chirría una puerta, porque las sombras tienen muy poca vida. Si tú abandonas una sombra sobre una cama, no se puede levantar por sí misma, no tiene fuerzas suficientes. Y tampoco tiene fuerzas para llorar, aunque sí puede gemir un poquito. Había un chico, empleado de esa tintorería, que a veces bajaba al almacén de sombras abandonadas para escuchar sus lamentos, lo que le producía a la vez miedo y lástima, disgusto y placer. Este chico que digo se enamoró de la sombra de una chica. Era una sombra bellísima, que llevaba una falda con mucho vuelo y una melena tan larga como la tuya, que se partía al moverse haciendo dibujos como de tinta sobre la pared. A veces, el chico tomaba en sus brazos aquella sombra y bailaba con ella o la besaba. Pero la sombra no era feliz, del mismo modo que no puede ser feliz una mano separada de su cuerpo. Entonces, el muchacho buscó la ficha de la persona que había llevado la sombra al tinte y averiguó dónde vivía la niña. Un día, al salir del trabajo, fue a aquella dirección y llamó a la puerta. Abrió una señora de luto. "Soy del tinte", dijo, "mi jefe dice que ustedes no han recogido una sombra que ya está limpia. Es una sombra de chica, con melena, y una falda con mucho vuelo". La mujer dejó escapar un sollozo y dijo que era la sombra de su hija, que había muerto de difteria, por eso no la habían recogido. "Hagan lo que quieran con ella", añadió antes de cerrar la puerta.

»El muchacho volvió a la tienda, que ya estaba cerrada, y entró en ella por una ventana. Luego encendió una vela y bajó al almacén. Como ya era de noche y había mucho silencio, antes de abrir la puerta escuchó los ayes lastimeros de las sombras. Eran suspiros muy pequeños, pero muy hondos; aquellos lamentos diminutos le ponían a uno la carne de gallina. Estuvo a punto de darse la vuelta, de no entrar, pero finalmente, haciendo acopio de valor, empujó la puerta y se abrió paso entre las frías sombras, que le acariciaban débilmente, como con manos de gelatina negra, hasta llegar a donde se encontraba la sombra de la niña. La tomó en sus brazos y ella se dejó hacer como un cuerpo desmayado. Luego alcanzó la calle y se deslizó en medio de la noche sigilosamente, con la idea de ir al cementerio, buscar la tumba de la niña y dejar que su sombra se deslizara por alguna rendija del sepulcro, para que descansara junto al cuerpo. Las farolas de las calles desiertas proyectaban la sombra del muchacho contra las paredes de los edificios. Entonces ocurrió algo sorprendente y es que la sombra de la chica se liberó de los brazos del chico y buscó los de su sombra. El muchacho, sobrecogido por aquella iniciativa, se detuvo y vio, estupefacto, cómo su sombra y la de la niña se besaban apasionadamente sobre la pared de un edificio y cómo, fundiéndose en un abrazo, se convertían en una sombra única...

Julio había ido subiendo el tono a medida que crecía la atención de la niña. Estaba asombrado de su capacidad para hipnotizarla, que atribuyó al hachís, pero al llegar a este punto perdió fuelle. No sabía cómo seguir, en el caso de que no hubiera llegado al final, de modo que se calló y se quedó mirando a Julia, a la espera de alguna reacción.

—¿Qué es la difteria? —preguntó ella al fin.

—¿La difteria? No sé, una enfermedad de los cuentos —respondió Julio con cierto desánimo.

—¿Y qué quiere decir estupefacto?

—Sorprendido, patidifuso, maravillado...

—Ya.

—¿Te ha gustado el cuento?
—¿Te gusto yo como hija?
Comprendiendo que podía caer en una situación circular que acentuaría la angustia provocada por los efectos del canuto, guardó silencio. Afortunadamente, en ese instante se escuchó el ruido de la puerta de la casa e hizo su aparición Amanda. Llevaba un abrigo negro, de piel, que evitó quitarse delante de él y de la niña, como si no quisiera mostrar el vestido de debajo. Dio un beso apresurado a cada uno y subió, dijo, a cambiarse de ropa. Julio escuchó los pasos de la mujer en el piso de arriba y, al poco, el ruido de la ducha. Como los aislamientos de la casa eran muy pobres, el agua, al caer, se escuchaba en el interior de la cocina como si hubiera una tubería rota. La niña mantenía un silencio hostil que Julio no sabía cómo romper. Finalmente, la abandonó en la cocina, fue al salón, cogió una revista y se sentó en el sofá fingiendo interés en su lectura. Contra lo que había creído, Julia no le siguió.

Amanda bajó envuelta en el albornoz de la ocasión anterior y también con una toalla a modo de turbante sobre la cabeza. Se sentó al lado de Julio y le preguntó qué tal había merendado la niña y si había visto mucho rato la televisión. También reparó en que estaba más delgado.

—He estado un poco fastidiado —dijo él.

Entonces apareció la niña y le mostró a su madre los regalos de Julio fingiendo ahora que los apreciaba.

—No me digas que te vas a poner un vestido de niña, con falda y todo —dijo la madre tras sacar el vestido de la caja y elevarlo aprensivamente con ambas manos, para observar sus formas.

—Pues a lo mejor sí —respondió su hija lanzando una mirada de complicidad a Julio, que percibió, pese a todo, que entre la niña y él se había roto algo.

—Anda, sube a recoger tu cuarto, que enseguida hay que bañarte —añadió Amanda sin prestar ninguna atención al resto de los regalos, como si no los valorara.

La niña desapareció, ceñuda, por la escalera. Amanda se levantó y cogió un canuto de la caja de latón. Julio le pidió que no lo encendiera.

—Es que me he fumado uno y estoy fuera. Necesito que tú te quedes dentro hasta que yo regrese.

—¿Qué es eso de que estás fuera?

—Que estoy aquí y a la vez fuera de aquí, como si yo te hablara desde el martes y tú me contestaras desde el jueves.

—¡Qué agobio!

—Por eso te lo digo.

Tras permanecer en silencio unos segundos, habló Julio:

—Tu hija, al darse cuenta de que había fumado, me ha dicho que me había puesto raro, como tú.

—Mi hija es un poco dramática.

—Pero a mí me ha recordado una experiencia propia, porque mis padres fumaban mucho y yo, cuando los veía encender un canuto, sabía que se iban a poner raros enseguida. Y no siempre me gustaba.

—¿Te maltrataban o algo así?

—No, al contrario. Ponían dibujos animados, para que los viéramos los tres juntos, pero los disfrutaban más que yo. Se morían de risa por cosas que ocurrían dentro de los dibujos y que yo no era capaz de ver. Me daban miedo ellos y los dibujos.

—¿Te daba miedo que se rieran?

—Sí, la risa todavía me da un poco de miedo.

—¿Y los dibujos?

—No me gustan.

—Pues sí que estás hecho polvo.

—No te habría contado nada de esto si no estuviera un poco fumado.

—Tienes un cuelgue fantástico, muchacho. No había visto nunca nada semejante. Anda, vamos arriba.

Julio siguió a Amanda al piso superior. La niña estaba en su habitación, tumbada en la cama, con la mirada perdida en el techo. Amanda se dirigió al cuarto de baño, tapó la bañera y abrió los grifos de agua caliente y fría calculando la temperatura con la mano. Luego llamó a su hija, que salió de su habitación, entró en el cuarto y comenzó a desnudarse. Julio, que permanecía apoyado en el quicio de la puerta, intentó mirar hacia otro lado hasta que comprobó que ni la niña ni su madre estaban incómodas por su presencia. Tenía la impresión de encontrarse dentro de una película que no le correspondía, de una vida que no era la suya. El vaho despedido por el agua de la bañera empañó enseguida el espejo. Mientras la niña se introducía en la bañera, la madre recogía sus ropas. A veces, se le desprendía la toalla que llevaba en la cabeza, a modo de turbante, y se incorporaba para volver a colocársela. El grado de domesticidad de la escena era tal que, más que real, parecía hiperreal. La niña pidió unos juguetes que había en el bidé. Julio imaginó una vida así, en la que al llegar la noche compartiera con una mujer los cuidados que deben prodigarse a un hijo. Imaginó también una vida de hombre solo, en la que a esa hora de la tarde todo, excepto los programas de la televisión, hubiera acabado y sintió un vértigo insoportable.

—Te estás poniendo pálido —dijo Amanda.

—Es que me cansa estar de pie.

—Pues ahora dejamos aquí a Julia, para que juegue un rato con el agua, y nosotros nos vamos a preparar la cena.

Ya en la cocina, Amanda reparó en el trabajo de limpieza llevado a cabo por Julio y bromeó sobre la posibilidad de contratarle.

—No tiene mérito —dijo él—, limpiar me gusta, me ayuda a pensar.

Amanda sacó del congelador unos filetes de merluza y preparó una ensalada. Cuando estuvo todo listo, mientras Julio ponía la mesa para tres, ella subió al piso de arriba y regresó al poco con la niña, que venía en pijama.

Durante la cena, hablaron de los progresos de Julia en el colegio, que no eran muy espectaculares. La niña recibió con neutralidad las críticas de su madre, que tampoco parecían importarle. De vez en cuando, miraba a Julio como intentando restablecer algún grado de la complicidad anterior, pero a esas alturas carecía de fuerzas para recoger los hilos que la niña le tendía. Se había quedado atrapado dentro de sí y no era capaz de establecer con la realidad unas relaciones que fueran más allá de lo meramente burocrático.

Después de que la niña se acostara, Julio y su madre le dieron un beso y bajaron al salón, tomando asiento en el sofá.

—Ahora sí que me permitirás que me fume un canuto —rogó Amanda.

—Como quieras —dijo él resignado.

—Fúmatelo conmigo, ya verás como no te pasa nada.

Por la televisión, encendida aunque sin volumen, pasaban un programa de noticias. Amanda dio un par de caladas y le ofreció el canuto, que rechazó.

—¿Quién es el padre de Julia? —preguntó él al fin.

—No tiene padre —dijo Amanda—. Pero no te hagas ilusiones, que no lo necesita. Tampoco yo necesito un marido.

—No me había hecho ilusiones —dijo él aceptando esta vez el canuto, al que dio una calada temerosa.

—A ver si es posible que nos coloquemos los dos en el mismo día —dijo Amanda al verle fumar, con una sonrisa.

—¿Te han parecido mal los regalos que le he hecho a Julia?

—Te lo diré sin rodeos, pero no vayas a ofenderte...

—No me ofenderé.

—El regalo es con mucha frecuencia una manifestación de poder. Lo estudié en sociología. Te habrás dado cuenta de que soy muy sensible frente a determinadas actitudes masculinas. Julia y yo no necesitamos la protección de nadie.

—No quería dar la impresión de protegeros.

—Pues la has dado.

—Bastante tengo con protegerme a mí.

—Hay hombres que se protegen protegiendo.

—No sé de qué me hablas.

—Pues toma otra calada, a ver si te pones en la misma onda —dijo ella con una sonrisa para atenuar la gravedad de las afirmaciones anteriores.

Julio fumó dócilmente, sorprendido de que el hachís no le proporcionara en esta ocasión los efectos desagradables habituales. Al contrario, pese a la dureza con la que se había manifestado Amanda, se sintió invadido por una paz y una transitividad desconocidas. El mundo estaba ahora al alcance de la mano.

—Me está sentando bien —afirmó.

—¿Qué te decía yo?

—Eso, ¿qué me decías?

—Que muchos hombres, sobre todo los recién separados como tú, nos ven a mi hija y a mí y se creen que ya tienen una familia hecha, una familia que pueden comprar a precio de ganga porque dan por supuesto que estamos deseando que nos compren. Y una familia es muy difícil de levantar. Mi hija y yo somos una familia, aunque no lo parezca. Y no creas que me vuelve loca que me ordenen los muebles o me limpien los azulejos de la cocina, porque lo familiar para mí es el desorden, ¿comprendes?

—Cada uno da a los demás lo que tiene —respondió Julio—, y yo lo único que puedo dar es un poco de orden. No tengo otra cosa.

—¿Y de dónde te viene esa obsesión por el orden?

—¿De dónde te viene a ti la obsesión por el desorden?

—Tú primero.

—No, tú primero.

—Lo echamos a cara o cruz y me regalas la moneda.

Julio sacó una moneda, la arrojó al aire y pidió cara. Salió cara.

—Empiezas tú —dijo entregando la moneda a Amanda, que la guardó en el bolsillo del albornoz.

—Sabía que iba a perder, siempre pierdo —dijo ella.

Julio sintió que había entrado en un bucle, pero comprendió al mismo tiempo que la vida estaba compuesta de bucles. El día era un bucle y la semana otro y la vida no era más que una sucesión de bucles llamados años. No dijo nada.

—Siempre pierdo —insistió ella—. ¿Tú ganas siempre?

—Según a lo que llamemos ganar.

—Yo llamo ganar a ganar.

—Yo llamo ganar a quedarse con la moneda.

Amanda soltó una carcajada, como si le hubieran descubierto su juego. Él tuvo la impresión de haber superado un bucle. Pero no supo cómo progresar y volvió al asunto del regalo.

—No se me habría ocurrido nunca, pero creo que llevas razón: el regalo puede ser una manifestación de poder. Pero puede ser otras cosas también.

—Sí, una forma de humillación.

—¿No hay entonces ningún regalo que valga la pena?

—Quizá aquel que te cambia la vida, el que te independiza del que te lo regala. Una gran fortuna, por ejemplo. También cuando regalamos nuestro cuerpo a alguien estamos haciendo un gesto noble.

—¿Tú lo regalas muchas veces?

—Yo lo alquilo. ¿Es ahí donde querías llegar?

—Francamente, sí.

—Pues ya lo sabes. Tu hermanastra alquila su cuerpo.

—¿Cómo llegaste ahí?

—Fue un proceso. Intenté ganarme la vida haciendo encuestas, trabajando de secretaria, como teleoperadora, como camarera, como gerente, es un decir, hasta que conocí a un tipo con una agenda muy especial. Proporciona cuerpos a personas a las que les sobra el dinero, pero les falta el tiempo. Puedes decidir el tipo de hombre con el que jamás te acostarías y respeta tus gustos. Y tú no cobras, no hay tráfico de dinero con el cliente. Al final de mes te hace una liquidación de la que descuenta su comisión, como un agente de actores o de escritores. Todo está montado de tal modo que no pareces una puta, sino una actriz. Naturalmente, y no es por presumir, solo lleva a mujeres de cierto nivel. Gano más haciendo dos servicios a la semana que trabajando todo el mes como teleoperadora.

—¿Lo sabe tu madre?

—Mi madre no, pero tu padre sí. Más de una vez ha intentado contratarme, pero me he negado. No soy tan perversa.

—¡Qué mundo! —dijo Julio.

—A ver si ahora te va a sentar mal el canuto.

—Es que no imaginaba...

—Pues imagina, muchacho, imagina. La clase media dio el salto a la prostitución hace mucho tiempo. Te asombraría la cantidad de mujeres de familias bien que lleva mi agente. Es como el tatuaje, que también ha saltado de la cárcel a la clase media. ¿Tú no estás tatuado?

—Yo no.

—Yo sí. Mira.

Amanda se abrió la bata y le enseñó la cara interna del muslo, donde se veía un delfín de colores viajando hacia el interior.

—Tengo más —añadió—, pero para ver los otros hay que pagar.

—¿Y a mí no me regalarías el cuerpo?

—¿Por qué te lo iba a regalar? Al contrario, te cobraría más caro por ser medio hermano. El incesto está por las nubes.

En ese instante sonó el móvil de Julio, que, tras pedir disculpas con un gesto, atendió la llamada. Era del hospital, para comunicarle que Manuel acababa de fallecer. Julio dio las gracias y colgó sin comentario alguno, para dejar que la noticia llegara lentamente a sus centros nerviosos e hiciera su trabajo sin interrupciones. También por eso, continuó con la conversación anterior, como si no hubiera pasado nada.

—Yo no te he cobrado por cuidar a la niña —dijo.

—Pero tú eres su tío y lo has hecho por amor —ironizó Amanda—. De todos modos, pásame tus tarifas y saldamos la deuda. Soy muy sensible a las reivindicaciones económicas.

—Era una broma.

—¿De verdad crees que era una broma?

—Ya no estoy seguro de nada, excepto que este canuto es el único de mi vida que me está sentando bien. O que no me está sentando mal.

—Porque te lo estás fumando conmigo, hermano. Y porque te acaban de dar una buena noticia por teléfono.

—¿Por qué dices eso?

—Te lo he notado, te has puesto contento, aunque intentas disimularlo porque, sea lo que sea, no te lo acabas de creer.

Julio permaneció unos instantes en silencio, disfrutando de una suerte de orden que acababa de descubrir dentro del caos. Quizá lo que él había venido percibiendo hasta entonces como caos era una sintaxis cuya gramática se le empezaba a revelar de manera gratuita. Tal vez, pensó, estuviera a tiempo de no quedarse fuera del orden general, donde el frío y la soledad arreciaban con el paso de los años.

—Vas a perdonar que me levante —dijo en tono grandilocuente—, pero es que llevo aquí todo el día y yo también tengo una vida que gestionar. Por desgracia, no dispongo, como tú, de un agente que me resuelva las cosas.

—Me hago cargo —dijo ella incorporándose con cierta ceremonia—. ¿Entonces no te debo nada por cuidar a la niña?

—De verdad que no, tómalo como una manifestación de poder —dijo sorprendido de pronunciar una ironía.

Amanda rio y lo acompañó a la puerta, donde le hizo esperar para volver con una tarjeta de su agente.

—Por si algún día necesitas mis servicios —dijo.

—Gracias —respondió él.

Julio cerró tras de sí la puerta de la casa de Manuel y recorrió el pasillo hacia la habitación del fondo, sin encender ninguna luz, pues ignoraba si Laura había vuelto del trabajo, o de donde quiera que regresara desde que vivía sola. Aunque no percibió, a través de la ventana, actividad alguna, telefoneó, para cerciorarse, a la casa de al lado, escuchando a través de los tabiques su propia llamada sin que la respondiera nadie. Entonces comenzó a actuar con una agilidad tal que cada uno de sus movimientos parecía mil veces ensayado. Encendió el ordenador de Manuel y fue directamente a la bandeja de entrada del correo electrónico, por si hubiera algún mensaje nuevo de Laura. Había dos básicamente iguales entre sí y muy parecidos a los anteriores. Le hablaba del progreso del embarazo, de las cantidades de hierro y calcio que el médico le había aconsejado tomar, de las características de la ropa premamá... Pero, sobre todo, volvía a insistir en la sensación de que él, Manuel, estaba presente de algún modo. Había vuelto a oler su perfume en la escalera y había escuchado a través del tabique, durante los últimos tres días, una especie de rumor, como si intentara despertarse del sueño al que permanecía atado. Por si fuera poco, había percibido una PRESENCIA fantasmal en su propia habitación, donde podía jurar que alguien había ordenado las sábanas y recogido un poco su ropa. «Esa presencia fantasmal, AMOR, también llevaba tu perfume».

Julio, suplantando a Manuel, respondió al último de estos mensajes con el siguiente texto: «Querida Laura, no es raro que hayas percibido en el ambiente algunas señales mías. Llevabas razón: hay una energía independiente del cuerpo. Con ella, he visitado durante los últimos días el mundo al que he pertenecido para despedirme de él, pues sabía que mi final estaba cerca. Lo cierto es que acabo de morir, querida Laura, querida mía. Me he convertido, como tú suponías que ocurre con los muertos, en una fuerza invisible, pero real, obligada a emprender un largo viaje. No podré hacerlo, no podré irme del todo, si no dejo arreglados los asuntos de los que soy responsable. Mi hijo, nuestro hijo, es el principal. Necesitará un padre. Aunque ahora te parezca mentira, creo que ese padre debe ser Julio. No tengas en cuenta mis opiniones anteriores sobre él. Cuando nos liberamos de las servidumbres del cuerpo, se ven las cosas de otro modo. ¿Sabes?, Julio y yo, pese a las apariencias, estábamos misteriosamente unidos por un vínculo de complementariedad. Es cierto que no tiene grandes ideas abstractas, pero es un genio de lo concreto. Para sacar adelante a un hijo hacen falta grandes ideas, sí, pero también cosas definidas, tangibles, prácticas. Nadie mejor que tu marido podría ocuparse de estos aspectos. En cierto modo, esa criatura que llevas en el vientre es hija de los tres, sí, también de Julio que ha cumplido en nuestra relación un papel en apariencia modesto, pero esencial. Y lo ha cumplido bien. A veces, él ha hecho su representación mejor que nosotros la nuestra. Debemos tener el valor moral de reconocérselo. Será un buen padre para el niño, quizá un poco obsesivo y excesivamente protector, pero tú corregirás esa tendencia a lo concreto y yo, desde donde quiera que esté, cuidaré de los tres. No le cuentes jamás lo nuestro, ni le insinúes la posibilidad de que el niño no sea suyo. Llámale tras mi entierro, y vuelve con él porque también en él ha quedado una parte muy importante de mí. Te querrá siempre y te protegerá desde el más allá, Manuel».

Julio leyó el texto un par de veces, preocupado por su sentido, pero también por las comas. Le parecía mentira que una idea tan conmovedora, porque se conmovió mientras la expresaba, hubiera salido de su cabeza. En algún momento de la segunda lectura, sintió extrañamente —y aterradoramente también— que el hijo era de él y de Manuel, que Laura no era más que el instrumento necesario para que ellos dos —la unión de lo abstracto y lo concreto— pudieran procrear.

Una vez firmado y enviado, borró del ordenador la correspondencia entre su mujer y su vecino. Luego lo apagó, se lavó bien el cuello y la cara, para eliminar el olor del perfume de Manuel, y se cambió de ropa, poniéndose unas prendas propias, pues se había habituado a vestir las del vecino. Salió con grandes precauciones de la casa. Tomó un taxi para dirigirse al hospital y desde él telefoneó al móvil de Laura.

—Manuel acaba de morir —le dijo.

—¡No!

—Me han llamado del hospital. Voy para allá.

Mientras el automóvil recorría las calles, recordó una discusión que había tenido con Manuel acerca de las relaciones entre la verdad y la mentira. Fue un día del invierno pasado, al salir del cine, donde habían visto una película cuyo protagonista vivía dos vidas, una de ellas, y la más importante, falsa. Como Julio se empeñara en resaltar las virtudes de lo real frente a lo ficticio, Manuel le dijo:

—Desengáñate, la vida de los seres humanos, tanto en su dimensión colectiva como individual, está montada siempre sobre un mito, sobre una leyenda, sobre una mentira, en fin.

Lo había dicho con ese tono profesoral que utilizaba para zanjar las discusiones que se alargaban demasiado o que no merecían su interés. Cuando sacaba ese tono, era mejor no insistir porque a continuación, Julio lo sabía, venían los argumentos de autoridad, las citas, que él era incapaz de combatir.

Ahora, con tantos meses de retraso, le daba la razón. Todo estaba montado sobre una ficción original, si no sobre un simple malentendido. De hecho, cuando Laura le pidiera que volviera a casa, lo haría convencida de que cumplía la voluntad de un muerto. Solo Julio conocería la diferencia entre la historia real y el mito, porque siempre hay alguien (por lo general, el encargado de la intendencia) que, para su desgracia, sabe más que el otro. Quizá, pasado el tiempo, Laura cayera en la tentación de contar a su hijo, en secreto, quién fue su verdadero padre (un vecino escritor que falleció antes de que tú nacieras) y de qué modo misterioso le pidió que engañaran a Julio. De esta forma, la leyenda se transmitiría de generación en generación, a lo largo de los siglos, como un relato familiar.

Laura telefoneó a Julio al día siguiente del entierro de Manuel. Le pidió sin rodeos que volviera. Dijo que la noticia del embarazo, mezclada con la entrada en coma de Manuel, le había provocado un trastorno difícil de explicar.

—Ahora hay muchas mujeres —añadió— que quieren tener los hijos solas, sin padre. Creí que era una de ellas, pero me he dado cuenta de que no. Perdóname.

Julio, asombrado de que, en efecto, el mal —la mentira— produjera el bien —su vuelta a casa—, se limitó a aceptar la propuesta y trasladó sus cosas desde el piso de al lado en un momento en el que ella se encontraba en el trabajo. Laura no preguntó nunca dónde había vivido él durante el tiempo que habían permanecido separados.

Meses después, un sábado por la tarde, mientras pasaban por la televisión los primeros anuncios de la campaña de Navidad y Julio cambiaba los pañales al bebé, al que habían puesto Manuel en memoria de su vecino, sonó el teléfono en esa casa de dos habitaciones que daban a un patio. Lo cogió Laura tras esperar que sonara cuatro veces y mantuvo una conversación breve y cortés con la persona que se encontraba al otro lado. Tras colgar el aparato, se volvió a su marido.

—Era el padre de Manuel. Ha decidido poner a la venta el piso de su hijo y quería que fuéramos los primeros en saberlo, por si nos interesara ampliar este. He quedado en llamarle.

—Nos vende un espejo —dijo Julio.

—¿Cómo? —preguntó ella.

—Era una broma. ¿A ti qué te parece?

—No sé. ¿Y a ti?

—A mí me parece que no.

—Estoy de acuerdo —dijo ella.

Y eso fue todo.

Este libro se terminó
de imprimir en
Fuenlabrada, Madrid,
en el mes de
enero de 2023